포 단편 선집

부클래식
002

포 단편 선집

에드거 앨런 포

전대호 옮김

부북스

Edgar Allan POE

차례

도둑맞은 편지 • 7

황금 벌레 • 39

검은 고양이 • 99

어셔가의 몰락 • 116

붉은 죽음의 가면 • 147

모르그 가 살인사건 • 157

도둑맞은 편지

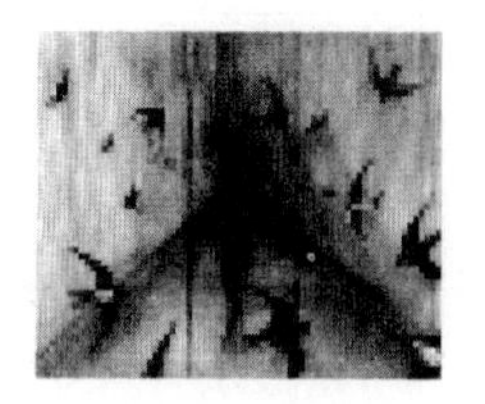

지혜가 가장 싫어하는 것은 지나친 영리함이다.

— 세네카 —

18--년 가을 파리의 어느 비바람 부는 저녁 어두워진 직후에 나는 친구인 C. 오귀스테 뒤팽과 파이프를 피우며 명상에 잠기는 두 겹의 호사를 누리고 있었다. 생제르맹 구역, 뒤노가(街) 33번지 3층에 위치한 뒤팽의 작은 뒷서재 혹은 책창고에서였다. 적어도 한 시간 동안 우리는 완벽한 침묵을 지켰다. 누군가 우연히 보았다면, 우리 각자가 그 방의 공기를 짓누르고 소용돌이치는 담배 연기에만 의도적으로 집중하고 있는 것처럼 보였을 것이다. 하지만 적어도 나는 그날 저녁 일찍 우리가 나눈 대화의 주제들을 마음속으로 검토하고 있었다.

모르그 가(街) 사건, 그리고 마리 로제의 살인에 얽힌 수수께끼를 말이다. 그래서 우리 아파트의 문이 활짝 열리며 우리의 옛 지인이자 파리 경찰국장인 G씨가 들어섰을 때, 나는 묘한 우연이라고 생각했다.

우리는 그를 진심으로 환영했다. 그는 비열해도 그 비열함의 거의 절반만큼은 재미있는 인물이었고, 우리는 그를 여러 해 동안 못 보았으니까. 우리는 줄곧 어둠 속에 앉아 있었다. 이제 뒤팽은 등을 켜기 위해 일어났으나, 우리의 조언을 구하러 아니 더 정확히는 내 친구의 의견을 물으러 왔다는 G의 말을 듣고, 그냥 다시 앉았다. 아주 골치 아픈 어떤 업무에 관해서 조언이 필요하다는 말을 듣고.

"깊이 생각할 필요가 있는 문제라면……" 뒤팽이 심지에 불을 붙이려다 말고 말했다. "어둠 속에서 생각하는 게 더 좋지."

"또 괴상한 의견을 말하는군." 자기가 이해하지 못하는 모든 것을 "괴상하다"고 표현하는 버릇이 있으며 따라서 무수히 많은 "괴상한 것들" 속에서 사는 경찰국장이 말했다.

"암, 그렇고 말고." 뒤팽이 손님에게 파이프를 건네며 말하고서 안락의자를 굴려 그의 곁에 놓았다.

"그래, 대체 무슨 문제인가?" 내가 물었다. "설마 암살 방법 같은 건 아니겠지?"

"아냐, 아냐. 그런 거창한 게 아니야. 실은 아주 간단한 일일세. 정말이지 난 그 일을 우리가 알아서 잘 처리할 수 있다고 확신해. 하지만 자세히 이야기해주면 뒤팽이 좋아할 거라고 생각했네. 왜냐하면 정말 엄청나게 괴상한 일이니까."

"간단하고 괴상하다?" 뒤팽이 말했다.

"그렇고 말고. 아니, 조금 그렇지 않기도 해. 사실은 말이야, 그 사건이 정말 단순하면서도 까다로워서 우리 모두가 상당히 당황하고 있어."

"어쩌면 바로 그 단순성 때문에 자네들이 속수무책일지도 몰라." 내 친구가 말했다.

"무슨 소리야!" 경찰국장이 껄껄 웃으며 대꾸했다.

"아마 수수께끼는 거의 뻔한 수준일 거야." 뒤팽이 말했다.

"아니, 원 세상에! 이런 터무니없는 사람이 있나?"

"거의 자명한 수준."

"하! 하! 하! — 허! 허! 허! — 하! 하! 하!" 유쾌해질 대로 유쾌해진 우리의 손님이 외쳤다. "이봐, 뒤팽, 자네 여전하군. 까딱하면 내가 웃다가 죽겠어."

"아이고 답답해라, 도대체 무슨 일인데?" 내가 물었다.

"그래, 내 얘기해주지." 경찰국장이 대꾸했다. 그러면서 명상적인 한숨을 일정하고 길게 연기와 함께 내뿜고 의자에 앉았다. "간단히 얘기해주겠네. 하지만 그전에 먼저 경고해두는데, 이건 극비 사항이야. 이 사건을 누설했다는 것이 알려지면

난 분명 현직에서 물러나야 할 걸세."

"시작해 보게." 내가 말했다.

"아니면, 말든지." 뒤팽이 말했다.

"좋아, 그럼 시작하지. 내가 어느 최고위 소식통에게서 개인적으로 정보를 받았네. 왕궁에서 극도로 중요한 어떤 문서를 도둑맞았다는 정보였어. 도둑이 누구인지는 밝혀졌네. 의심할 여지가 없어. 그자가 문서를 지니고 있는 것이 목격되었거든. 또 그자가 여전히 그 문서를 가지고 있다는 것도 알아냈네."

"그걸 어떻게 알아냈나?" 뒤팽이 물었다.

"따져보면 확실히 그래." 경찰국장이 대답했다. "그 문서의 성격, 그 문서가 도둑의 손을 벗어났을 경우에 일어날 일들이 발생하지 않았다는 점, 그러니까 도둑이 결국 쓸 법한 방식으로 그 문서가 쓰이지 않았다는 점을 근거로 그렇게 추론했네."

"좀더 명쾌하게 이야기해주게." 내가 말했다.

"음, 그 문서를 가지면 어떤 분야에서 권력을 얻게 되는데, 그 분야에서는 그런 권력이 어마어마하게 가치 있다는 말까지만 해두겠네." 경찰국장은 외교관의 말투를 좋아했다.

"그래도 이해가 잘 안 되는걸." 뒤팽이 말했다.

"안 돼? 그럼 좋아. 그 문서가 익명의 제3자에게 발각될 경우, 가장 고귀한 지위를 지닌 인물의 명예가 위태로워지네. 그래서 그 문서를 지닌 자는 그 저명한 인물의 명예와 평온을 쥐락펴락할 지배력을 가질 수 있어."

"하지만 그 지배력은……" 내가 끼어들었다. "도둑맞은 사람이 도둑을 아는지를 도둑 자신이 아는지 여부에 달려있지 않겠나. 감히 누가……"

"도둑은……" G가 말했다. "D 장관이야. 인간다운 짓이든 아니든 가리지 않고 다 할 인물이지. 도둑질 방법은 대담하고 또 교묘했네. 도둑맞은 인물은 문제의 그 문서 — 솔직히 말해서 편지라네 — 를 왕궁의 거실에 혼자 있을 때 받았어. 그녀가 그 문서를 꼼꼼히 읽고 있을 때 갑자기 또 다른 고위직 인물이 들어왔는데, 그녀가 문서를 보여주고 싶지 않은 인물이었지. 그녀는 서둘러 문서를 서랍에 넣으려 했지만 실패했고, 어쩔 수 없이 문서를 개봉한 상태 그대로 테이블 위에 놓아야 했네. 하지만 맨 위에 겉봉이 놓이고 내용이 노출되지 않아서 편지는 주목을 받지 않았거든. 이 결정적인 순간에 D 장관이 등장하네. 그는 즉시 살쾡이 같은 눈으로 문서를 포착하고 겉봉의 글씨체를 알아보고 편지를 받은 인물이 당황하는 것을 목격하고 그녀의 비밀을 짐작하지. 늘 하던 대로 서둘러서 의례적인 대화를 몇 마디 한 후에 그는 문제의 편지와 대충 비슷한 편지를 꺼내서 개봉하고 읽는 척한 다음에 다른 편지 옆에 가깝게 내려놓네. 그런 다음에 다시 한 15분 동안 공적인 일에 대해서 이야기하네. 그러다가 마침내 떠나면서 테이블에서 자기의 것이 아닌 편지를 집어 들지. 그 편지의 합법적 소유자는 그 모습을 보았지만, 그녀의 곁에 서있는 제3의 인물 때문에 감히 그의 행동을 막지 못했어. 장관은 떠났고, 테이블 위에는 그의 편지만 남았지. 아무 쓸모없는 편지만."

"아하, 그렇다면" 뒤팽이 나를 보며 말했다. "자네가 지배력의 완성을 위해 필요하다고 말한 바가 정확히 갖춰지는군. 도둑맞은 사람이 도둑을 안다는 것을 도둑 자신이 안단 말이지."

"바로 그거야." 경찰국장이 대답했다. "그리고 그렇게 얻은 권력이 지난 몇 달 동안 정치적인 목적을 위해 매우 위험한 수준으로 행사되었네. 도둑맞은 인물은 그 편지를 되찾을 필요성을 나날이 더 절실하게 느끼고 있어. 하지만 공개적으로 돌려달라고 할 수는 당연히 없지. 결국 그녀는 지푸라기라도 잡는 심정으로 내게 사정을 털어놓았네."

"자네보다……" 뒤팽이 말하는 동안 경찰국장은 담배 연기 회오리를 내뿜었다. "더 기민한 사람을 기대하거나 상상하는 건 무리라고 보네."

"아첨하지 말게나." 경찰국장이 대꾸했다. "하지만 그녀가 뭐 그런 생각을 품었을 수도 있겠지."

"확실해." 내가 말했다. "자네가 얘기한 대로, 그 편지는 아직 장관의 손에 있는 게 틀림없어. 왜냐하면 그 편지를 어떤 식으로도 써먹지 않고 그렇게 쥐고 있어야만 권력이 생기거든. 써먹는 순간 권력은 날아가."

"정답이야." G가 말했다. "나는 이 확신을 출발점으로 삼았네. 내가 우선 공을 들인 일은 장관의 저택을 샅샅이 수색하는 것이었어. 가장 난처한 문제는 그가 모르게 수색해야 한다는 점이었네. 그가 우리의 계획을 눈치 채면 정말 큰일이라고 그녀가 내게 경고 했었거든."

"하지만……" 내가 말했다. "자네는 수사에 도가 텄지 않은가. 파리 경찰은 과거에도 자주 그런 일을 했고."

"물론 그래. 그래서 난 낙심하지 않았네. 또 장관의 습관이 나에게 아주 유리했네. 그는 밤새 집을 비우는 일이 잦아. 하인들도 결코 많지 않고. 그들은 주인의 방에서 멀찌감치 떨어진 곳에서 자는데다가 대부분 나폴리 출신이라 술에 취하게 만들기가 쉽다네. 자네들도 알겠지만, 나는 파리에 있는 어떤 방이나 장(欌)이라도 열 수 있는 열쇠들을 가지고 있지. 세 달 동안 하룻밤도 빼놓지 않고 내가 직접 D 저택을 수색했네. 나의 명예가 걸린 일이고, 이건 극비사항인데, 보상이 엄청나거든. 그래서 수색을 포기하지 않았는데, 결국 도둑이 나보다 더 기민한 놈이라는 것을 철저히 인정하게 되었다네. 나는 그 집에서 문서가 숨겨져 있을 만한 곳을 구석구석 전부 다 뒤졌다고 자부하네."

"하지만……" 내가 제안했다. "그 편지가 장관의 수중에 있는 건 확실히 맞지만 말이야, 그가 편지를 자기 집 말고 다른 곳에 감췄을 가능성도 있지 않을까?"

"그럴 가능성은 희박해." 뒤팽이 말했다. "지금 궁정의 독특한 상황을 생각해보게. 특히 D가 가담했다고 알려진 음모를 생각해봐. 필요할 때 즉시 그 문서를 쓸 수 있어야 한다는 점, 그러니까 언제든 당장 내보이기 쉬워야 한다는 점이 그 문서를 소유하는 것 못지않게 중요하네."

"내보이기 쉬워야 한다는 점?" 내가 말했다.

"그러니까, 파기하기 쉬워야 한다는 점 말일세." 뒤팽이 말했다.

"그렇군." 내가 지적했다. "그렇다면 문서는 확실히 그 집에 있어. 장관이 그걸 몸에 지니고 다닐 가능성은 배제해도 좋을 듯한데……"

"전적으로 동의하네." 경찰국장이 말했다. "우리는 두 번이나 노상강도처럼 그를 불시에 불러 세워 내가 보는 앞에서 철저히 몸수색을 했네."

"그런 고생은 안 해도 될 걸 그랬군." 뒤팽이 말했다. "내 생각에 D는 완전한 바보가 아니거든. 바보가 아니라면 당연히 그런 불심검문을 예상했을 거야."

"완전한 바보는 아니지." G가 말했다. "하지만 그는 시인이야. 나는 시인이나 바보나 오십보백보라고 봐."

"그건 그래." 뒤팽이 파이프 연기를 길고 신중하게 내뿜은 다음에 말했다. "나도 우스꽝스런 시를 좀 쓰긴 하지만."

"자네가 가택수색을 한 이야기를 상세하게 해보게." 내가 말했다.

"우리는 충분히 시간을 두고 모든 곳을 수색했네. 나는 그런 일에 경험이 많아. 건물 전체를 한 방도 빼놓지 않고 차례대로 뒤졌지. 각각의 방에 일주일 밤을 다 바쳐서. 우리는 먼저 방의 가구를 조사했네. 열 수 있는 서랍은 다 열었어. 그리고 자네들도 알겠지만, 숙련된 경찰관에게 비밀 서랍 따위는 있을 수 없네. 그런 수색에서 '비밀' 서랍을 놓치는 놈은 얼간이야. 눈에 빤히 보이거든. 모든 장은 어느 정도 부피를 차지하기 마련이니까. 게다가 우리는 엄격한 규정을 준수하지. 10분의 1밀리미터도 우리의 수색망을 빠져나가지 못해. 우리는 장들을 수색한 다음에 의자들을 살폈네. 자네들도 내가 길고 가는 바늘을 쓰는 걸 봤지. 그런 바늘로 쿠션들을 조사했어. 테이블은 상판을 분리했고."

"왜 그렇게 했나?"

"물건을 숨기려는 사람은 종종 테이블이나 그 비슷한 구조의 가구에서 상판을 분리하지. 그런 다음에 다리에 구멍을 파고 물건을 집어넣고 다시 상판을 조립하는 거야. 똑같은 수법으로 침대기둥의 꼭대기와 밑바닥을 이용하기도 하고."

"하지만 두들겨보면 빈 공간이 있다는 게 들통 나지 않을까?" 내가 말했다.

"물건을 집어넣을 때 솜으로 틈을 잘 메우면 절대로 들통 나지 않네. 더구나 우리는 소리 없이 수색을 해야 했지 않은가."

"하지만 말일세, 자네들이 전부 분리하지는 못했을 거야. 자네가 말한 방식으로 물건을 숨길 만한 가구들을 전부 다 분해했을 수는 없다고. 이를테면 편지를 돌돌 말아 큼직한 뜨개질 바늘처럼 만들어서 의자의 가로장에 집어넣을 수도 있잖아. 자네들이 모든 의자를 분해하지는 않았겠지?"

"물론일세. 하지만 자네가 생각하는 것처럼 허술하게 수색하지는 않았어. 우리는 그 저택에 있는 모든 의자의 가로장들을 조사했고, 심지어 온갖 가구의 이음새들도 조사했네. 고성능 현미경을 써서 말이야. 최근에 분해 되었다가 조립된 흔적이 하나라도 있었다면 당장에 발견되었을 걸세. 예컨대 톱밥 하나라도 사과만큼 크게 보였을 테니까. 접합부에 약간의 이상이라도 있었다면, 연결부에 예사롭지 않은 틈이 약간이라도 있었다면, 확실히 눈에 띄었을 것이네."

"거울들도 살폈을 테고, 벽판들과 바닥판들 사이도 보았을 테고, 침대와 침대보, 커튼과 카펫도 조사했겠지."

"당연하지. 그런 식으로 모든 가구에 대한 수색을 완전히 끝낸 다음에, 우리는 그 저택 자체를 조사했네. 모든 부분을 빠짐없이 조사하려고 전체 평면을 구획하고 번호를 붙였지. 그런 다음에 가로세로 2센티미터의 정사각형 하나씩 꼼꼼하게 그 저택 전체를 조사했다네. 인접한 집 두 채도도 조사했지. 아까처럼 현미경으로 말이야."

"인접한 집 두 채까지!" 내가 외쳤다. "자네들 고생이 엄청 많았군."

"정말 고생이 많았지. 하지만 보상이 엄청나지 않은가!"

"그 집들의 마당도 조사했고?"

"모든 마당이 벽돌로 포장되어있어서 그다지 어렵지 않았어. 벽돌들 사이의 이끼를 살펴보았는데, 건드린 흔적이 없더군."

"당연히 D의 문서와 서재의 책도 뒤져보았겠지?"

"물론이네. 모든 서류 뭉치와 꾸러미를 풀어봤어. 책은 죄다 펼쳐보았을 뿐 아니라 모든 페이지를 넘겨보았다네. 일부 경찰관들이 하는 식으로 그냥 흔들어보는 것으로는 만족할 수 없었거든. 또 모든 책표지의 두께를 현미경을 들이대고 정말 세밀하게 측정했네. 최근에 제본에 손을 댄 책이 있었다면, 여지없이 발견되었을 것이네. 제본된 지 얼마 안 되는 책이 다섯 권인가 여섯 권 있더군. 그 책들의 표지는 바늘을 써서 면밀히 검사했네."

"카펫 아래의 바닥도 조사했나?"

"두말 하면 잔소리지. 카펫을 죄다 걷고 바닥판들을 현미경으로 조사했네."

"벽지도?"

"응."

"지하실도 들어가 보았나?"

"들어가 보았네."

"그렇다면……" 내가 말했다. "자네가 착각하고 있었던 게로군. 그 편지는 자네의 생각과 달리 그 집에 없었던 게야."

"나도 자네 말이 맞는 것 같네." 경찰국장이 말했다. "그래서 말인데, 이봐 뒤팽, 내가 이제 어찌해야 할지 조언을 좀 해주게."

"그 집을 다시 철저히 조사하게."

"그건 정말 쓸데없는 짓이야." G가 대꾸했다. "나는 내가 숨쉬고 있다는 것을 확신하는 것만큼 확실하게 그 편지가 그 저택에 없다고 확신하네."

"난 그것보다 더 좋은 조언을 해줄 게 없네." 뒤팽이 말했다. "당연한 말이지만, 자네는 그 편지의 모양을 정확히 알겠지?"

"아, 당연히 알지!" 이 대목에서 경찰국장은 수첩을 꺼내

도둑맞은 문서의 모양, 특히 겉모양에 대한 상세한 설명을 소리 내어 읽었다. 그리고 얼마 지나지 않아 그는 내가 그 선량한 신사에게서 한 번도 본 적 없는 완벽하게 침울한 기색으로 떠났다. 대략 한 달 후에 그는 다시 방문했고, 우리는 예전과 거의 다를 바 없이 그를 맞이했다. 그는 파이프를 물고 의자에 앉아 어떤 평범한 대화를 시작했다. 결국 내가 말했다.

"그런데, G. 그 도둑맞은 편지는 어떻게 되었나? 결국 그 장관이 술수를 부린 일 따위는 없었다고 결론을 내린 건가?"

"그 망할 놈…… 그렇네. 뒤팽이 제안한 대로 다시 수색을 해봤어. 한데 내가 생각한 대로 헛수고였지."

"보상이 얼마나 크다고 했었지?" 뒤팽이 물었다.

"뭐 엄청나지. 정말 후한 상이야. 정확히 얼마라고 말하고 싶진 않네. 하지만 이 말은 해줄게. 누군가 그 편지를 손에 넣게 해준다면, 내가 개인적으로 5만 프랑 짜리 수표를 답례로 주겠네. 사실 문제가 나날이 더 중요해지고 있어. 보상은 최근에 두 배로 뛰었고. 하지만 세 배로 뛴다 해도 나로서는 이제껏 한 일밖에 할 수 있는 것이 없다네."

"아하, 그런가." 뒤팽이 파이프 연기를 중간 중간 내뿜으면서 느릿느릿 말했다. "G…… 내 생각은 말일세…… 자네가 이 일에 최선을 다하지 않은 것 같아. 좀더…… 좀더 해볼 수 있지 않을까?"

"뭘 어떻게?"

"이를테면…… 후우, 후우…… 자네가 말이야…… 후우, 후우…… 조언자를 고용할 수도 있지 않을까?…… 후우, 후우, 후우. 사람들이 애버네시*에 대해서 하는 이야기 기억하나?"

"아니. 빌어먹을 애버네시!"

"물론이야, 빌어먹을 놈이고말고. 하지만 옛날에 어떤 부유한 구두쇠가 그 애버네시에게 의학적 조언을 은밀히 받아낼 마음을 품었어. 그래서 사적인 자리에서 평범한 대화로 말문을 열고는 자기의 증세를 어떤 가상적인 인물의 증세인 것처럼 넌지시 그 의사에게 이야기했지.

"이렇게 말이야. '그 인물의 증세가 이러이러하다고 해봅시다. 그러면 선생님은 그에게 어떤 처방을 내리시겠습니까?'

"애버네시가 대답했지. '당연히 조언이지요! 조언을 들으라고 처방하겠소.'"

"하지만……" 약간 평정심을 잃은 경찰국장이 말했다. "난 전적으로 조언을 들을 생각이 있고, 게다가 그 대가를 지불할 생각까지 있어. 정말이지 이 일과 관련해서 나를 도울 사람이 있다면 5만 프랑을 지불하겠다니까."

"그렇다면……" 뒤팽이 서랍을 빼서 수표책을 꺼내며 대꾸

---

* 존 애버네시는 환자들에게 퉁명스럽고 심지어 무례하기로 유명했던 영국 의사 — 옮긴이.

했다. "내게 그 금액이 적힌 수표를 줄 수 있겠구먼. 자네가 서명을 하면, 내가 자네에게 그 편지를 건네겠네."

나는 깜짝 놀랐다. 경찰국장은 완전히 벼락 맞은 사람처럼 보였다. 그는 몇 분 동안 말도 움직임도 없이 입을 벌린 채 의심의 눈빛으로 내 친구를 바라보았고, 그의 눈알은 눈구멍에서 빠져나오는 것 같았다. 그러다가 아무튼 제정신을 차린 듯한 그가 펜을 쥐고서 여러 번 동작을 멈추고 멍한 시선을 던진 끝에 결국 수표에 5만 프랑이라는 금액을 적고 서명을 한 다음 테이블 건너편의 뒤팽에게 건넸다. 뒤팽은 수표를 꼼꼼히 살펴보고 자신의 수표책에 집어넣었다. 그런 다음에 원통형 뚜껑이 달린 책상을 열더니 거기에서 편지를 꺼내 경찰국장에게 주었다. 이 공무원은 격정적인 기쁨에 휩싸여 편지를 받아들고 떨리는 손으로 열어 내용물을 재빨리 살핀 후에 비틀거리며 문가로 갔고 이윽고 뒤팽이 그에게 수표를 작성하라고 요구한 이후 한마디 말도 안 한 채로 무례하게 방을 나서고 집을 나섰다.

그가 떠난 후에 나의 친구는 몇 가지 설명을 하기 시작했다.

"파리 경찰은……" 그가 말했다. "나름대로 대단히 유능하지. 집요하고, 정교하고, 교묘하고, 경찰의 임무에 주로 필요하다고 여겨지는 지식을 완벽하게 갖추었네. 그러니까 G가 우리에게 D의 저택을 수색한 이야기를 상세히 했을 때, 나는 그가 충분히 수색을 했다고 전적으로 확신했다네. 그의 힘이 닿는 한도까지 충분히 말일세."

"그의 힘이 닿는 한도까지?" 내가 말했다.

"그렇다네." 뒤팽이 말했다. "그가 채택한 방법들은 수색 방법으로서 최선이었을 뿐 아니라 완벽하게 실행되었네. 만약 그 편지가 그들의 수색 범위 안에 있었다면, 이론의 여지없이 찾아냈을 것이네."

나는 그저 웃음이 나왔다. 하지만 그는 그 모든 말을 매우 진지하게 하는 것 같았다.

"그러니까 그 방법들은 수색 방법으로서 좋았고 잘 실행되었네. 문제는 그 사건과 그 인물에 적용할 수 없는 방법들이라는 점이었어. 어떤 능력들은 매우 정교함에도 불구하고 그 경찰국장의 손에 들어가면 일종의 프로크루스테스의 침대인 거야. 그는 자기의 생각을 억지로 그 침대에 맞추지. 하지만 그는 늘 너무 심오하거나 피상적이어서 당면 문제를 그르쳐. 많은 경우에 초등학생의 추리가 그의 추리보다 더 낫다니까. 내가 한 여덟 살쯤 먹은 꼬마를 아는데, 그 녀석은 홀짝 맞추기를 잘해서 모든 사람의 경탄을 불러일으켰네. 홀짝 맞추기는 구슬을 가지고 하는 간단한 게임이지. 한 사람이 손 안에 구슬 몇 개를 쥐고서 다른 사람에게 그 개수가 짝수인지 홀수인지 묻는 거야. 그래서 짐작으로 한 대답이 맞으면, 대답한 사람이 이기고, 틀리면 대답한 사람이 지는 거지. 내가 말한 그 꼬마는 학교의 구슬을 다 땄어. 당연히 그 녀석은 짐작하는 원리가 있었지. 단지 상대편이 얼마나 영리한지 어림잡는 게 그 원리였네. 예를 들어 상대방이 완전히 단순한 놈이라고 해보세. 그가 움켜쥔 손을 내밀면서 '홀짝?' 하고 물으면, 우리의 꼬마는 '홀'이라고 대답하고 틀려서 지네. 하지만 다음번엔 꼬마가 이겨. 왜냐하면 '이 단순한 놈은 둘째 판에서는 첫판에서 쥔 것과 반대로 쥘 만큼만 영리하거든. 그러니 나는 홀수를 짐작해야지.' 하고 생각하거든. 그래서 홀수를 짐작하고 이기지. 다른 한편 그보다 한 등급 더 영리한 단순한 놈을 상대할 때는 이렇게 추리할 거야. '이 친구는 첫판에서 내가 홀수를 짐작하는 것을 보고서 처음에는 첫 번째 단순한 놈과 똑같이 짝수에서 홀수로 간단한 변화를 주자고 생각할 거야. 하지만 다시 생각하면서 그건 너무 간단한 변화라고 여기고 결국 아까처럼 짝수를 쥐기로 결정할 거야. 그러니 나는 짝수를 짐작해야지.' 그래서 짝수를 짐작하고 이겨. 자, 이 꼬마의 추리 방식을 친구들은 '행운'이라고 불렀다는데…… 그 추리방식의 핵심은 무엇일까?"

"그건 그저……" 내가 말했다. "추리하는 사람의 지능을 상대방의 지능과 똑같이 맞추는 것이로군."

"바로 그거야." 뒤팽이 말했다. "네 지능을 어떻게 상대방과 똑같이 맞출 수 있었느냐고 묻자 그 꼬마는 내게 이렇게 대답했어. '나는 어떤 사람이 얼마나 영리한지, 멍청한지, 착한지, 나쁜지, 또는 지금 무슨 생각을 하는지 알고 싶으면, 그 사람의 표정과 최대한 똑같은 표정을 지어 봐요. 그러면서 그 표정에 걸맞게 내 정신이나 마음에 어떤 생각이나 감정이 떠오르는지 느껴 보지요.' 꼬마의 입에서 나온 이 대답은 로셰푸코와 라 부기브와 마키아벨리와 캄파넬라가 지녔다는 사이비 통찰력의 핵심을 찌르네."

"그러니까……" 내가 말했다. "내가 올바로 이해했다면 말일세, 추리자의 지능을 상대방의 지능과 똑같이 맞추는 능력은 상대방의 지능을 얼마나 정확하게 어림잡는가에 달려있군."

"실질적으로 그렇다네." 뒤팽이 대답했다. "그런데 경찰국장과 부하들은 실수가 너무 잦아. 첫째는 그 똑같이 맞추기에 결함이 있어서 그렇고, 둘째는 어림잡기를 잘못해서 아니 오히려 어림잡기를 아예 안 해서 그렇지. 그들은 그들 자신의 정교한 생각만 염두에 두거든. 그러면서 숨겨진 무언가를 찾을 때, 그들 자신이 무언가를 숨길 때 쓸 만한 방법들만 고려한다네. 그들도 나름대로 옳아. 그들 자신의 정교함이 대중의 정교함을 충실히 대표하는 건 사실이니까. 하지만 어떤 개별 범죄자의 교활함이 그들 자신의 교활함과 성격 자체가 다르다면, 당연히 그 범죄자는 그들을 좌절시키지. 범죄자의 교활함이 경찰의 교활함 이상인 경우에, 또는 그 이하인 아주 흔한 경우에 항상 그런 좌절이 일어나네. 경찰은 수사의 원리를 바꾸지 않아. 기껏해야 예외적인 긴급 상황에서 — 이를테면 엄청난 보상이 걸려있을 경우에 — 기존의 관행을 확장하거나 과장하지. 원리는 그대로 두고서 말이야. 이를테면 이 D 사건에서 행동의 원리가 바뀐 게 있나? 그렇게 뚫어보고 조사하고 두들겨보고 현미경으로 살피고 건물의 표면을 4제곱센티미터씩 구획해서 번호를 붙이는 것이 다 무슨 짓인가? 그게 다 한 가지 수색원리 또는 한통속의 수색원리들을 과장하는 것에 불과하지 않은가? 그 바탕에는 경찰국장이 판에 박힌 직무를 오래 수행하다보니 익숙해진 인간 지능에 대한 천편일률적인 생각들이 깔려있지 않은가? 자네도 알듯이 그는 모든 사람이 편지를 숨길 때 정확히 의자 다리에 뚫은 송곳 구멍에 숨기지는 않더라도, 최소한 그렇게 의자 다리의 송곳 구멍에 편지를 숨기도록 재촉하는 취지의 생각을 채택해서 그런 식의 구멍이나 구석에 숨긴다는 것을 당연시하지 않느냔 말일세. 또 그렇게 공들여 고른 은닉장소는 오로지 평범한 경우에 평범한 지능을 가진 자만 선택한다는 것을 자네도 알지 않는가? 생각해보게. 모든 은닉 사건에서 가장 먼저 가정할 만하고 가정되는 것은 숨길 물건을 그렇게 공들여 숨기는 것일세. 그러니까 그 물건을 발견하느냐 마느냐는 통찰력에 달려있는 게 전혀 아니라 그저 수색자들의 주의력과 인내력과 결단력에만 달려있지. 게다가 중요한 사건일 경우에는 — 또는 경찰이 보기엔 그게 그것이겠지만, 보상이 어마어마할 때는 — 지금까지의 추리가 틀렸다고 알려진 사례가 한 번도 없었네. 만일 도둑맞은 편지가 경찰국장의 수색 범위 안에 숨겨졌다면 — 바꿔 말해서 만일 그 은닉 원리가 경찰국장의 원리들을 벗어나지 않았다면 — 편지는 전적으로 확실하게 발견되었을 것이라고 내가 주장했지 않은가. 이제 자네도 내 뜻을 이해할 수 있을 걸세. 그러나 경찰국장은 완전히 갈피를 잃고 헤맸네. 그가 실패한 이유는 여럿이겠지만, 그중 작은 이유 하나는 그 장관이 바보라고 전제한 것일세. 그가 시인으로 명성을 얻었으니 바보라고 생각한 거지. 모든 바보는 시인이네. 이점을 경찰국장은 느낌으로 알았어. 그런데 그 다음에 간단한 논리적 오류를 범했지. 모든 바보는 시인이라는 전제에서 모든 시인은 바보라는 결론을 끌어내는 잘못을 범했던 거야."

"그런데 그자가 정말로 시인인가?" 내가 물었다. "두 형제가 있다는 건 나도 아네. 또 두 사람 다 글로 명성을 얻었다는 것도 알고. 그런데 그 장관은 미분학에 관한 박식한 글을 쓴 걸로 알아. 그는 수학자지 시인이 아니잖아."

"자네가 틀렸어. 나는 그를 잘 아네. 그는 둘 다야. 시인이면서 수학자인 그는 추론을 잘 했을 걸세. 만약에 수학자이기만 했다면 추론을 했을 리 만무하고, 따라서 경찰국장에게 딱 걸렸겠지."

"놀랍네." 내가 말했다. "자네는 세상의 소리와 상반되는 견해를 가졌구먼. 설마 수백 년 동안 정착된 생각을 무시할 셈은 아니겠지. 수학자의 추론은 오래전부터 탁월한 추론으로 여겨져 왔어."

"'널리 인정받는 생각……'" 뒤팽이 샹포르*를 인용하여 대꾸했다. "'…… 무릇 정착된 관습은 대중에게 적합하므로 모조리 어리석다고 판단하는 것이 안전한 도박이다.' 나도 인정하네. 수학자들은 자네가 언급한 대중적인 오류를 퍼뜨리기 위해 최선을 다해왔지. 하지만 진실로서 널리 퍼졌다 하더라도 그건 오류일세. 예컨대 수학자들은 더 나은 데 써야 마땅한 솜씨를 가지고서 대수학의 응용에 '분석analysis'이라는 단어를 은근슬쩍 집어넣었지. 이 속임수를 처음 쓴 건 프랑스 수학자들이라네. 하지만 단어가 조금이라도 중요성을 지녔다면 — 만일 단어들이 조금이라도 적용 가능성에서 가치를 얻는다면 — '분석'에 '대수학'의 의미가 들어있는 정도는 라틴어 'ambitus(선거유세)'에 'ambition(야망)'이 들어있는 정도,

* 니콜라 샹포르는 풍자로 유명한 프랑스 작가 — 옮긴이.

'religio(엄격함)'에 'religion(종교)'가 들어있는 정도, 'homines honesti(존경할 만한 사람들)'에 'honorable men(훌륭한 사람들)'이 들어있는 정도에 불과하네."

"알겠네, 알겠어." 내가 말했다. "자네 파리의 어떤 대수학자들과 논쟁을 하려는 참이로군. 계속해보게."

"난 추상적인 논리 이외의 특별한 형태로 개발된 추론의 유용성을 논박하고, 따라서 그런 추론의 가치를 논박하는 것일세. 특히 수학 공부를 통해 계발되는 추론을 논박하네. 수학은 형태와 양을 다루는 과학이야. 수학적 추론은 형태와 양에 관한 지식에 적용된 논리에 불과하지. 커다란 오류는 이른바 순수 대수학의 진리도 추상적 혹은 일반적 진리라고 주장하는 것에 있네. 이 오류는 너무나 어처구니없어서, 나는 그 오류가 보편적으로 퍼진 것이 황당할 따름이라네. 수학적 공리는 일반적 진리의 공리가 아니야. 관계에 대해서 — 형태와 양에 대해서 — 참인 것은 예컨대 도덕과 관련해서 완전히 거짓일 때가 많거든. 도덕을 다루는 과학에서는 부분들의 합이 전체와 같다는 공리가 거짓인 경우가 아주 흔하다네. 이 공리는 화학에서도 성립하지 않아. 동기를 고찰할 때도 마찬가지지. 각각 정해진 가치를 지닌 두 동기들을 결합했을 때 반드시 그것들 각각의 가치를 합한 것과 같은 가치를 지닌 동기가 나오는 것은 아니거든. 이밖에도 관계에 적용할 때만 참인 수학적 진리들이 숱하게 있네. 그런데도 수학자는 그 유한한 진리들을 근거로 삼아 습관적으로 그것들이 절대보편적으로 적용할 수 있는 진리인 양 주장을 펼치지. 실제로 세상 사람들도 그러려니 하고 상상하고. 브리앙Bryant이 매우 박식한 작품인 《신화Mythology》에서 언급하는 유사한 오류가 있어. 그는 이렇게 말하지. '우리는 이교도의 설화를 믿지 않지만 끊임없이 우리 자신을 망각하고 그 설화를 존재하는 실재로 여기면서 근거로 삼아 추론을 이끌어낸다.' 하지만 대수학자들은 또 달라. 그들 자신이 이교도니까 말이야. 그들은 '이교도의 설화'를 믿으면서, 기억의 결함을 통해서라기보다 불가사의한 뇌의 혼란을 통해서 추론을 하지. 한마디로 나는 말이야, x^2+px가 절대 무조건 q와 같다는 신념을 은밀히 품지 않은 수학자, 또는 근본적으로 나와 같다고 신뢰할 수 있는 수학자를 이제껏 단 한 명도 못 봤네. 자네가 원한다면 시험 삼아서 수학자에게 말해보게. 자네는 x^2+px가 q와 전혀 다른 경우들이 발생할 수 있다고 믿는다고 말이야. 그리고 자네의 말뜻을 설명했거든 최대한 재빨리 달아나게. 왜냐하면 그 수학자가 자네를 케이오 시키려고 달려들 게 뻔하니까."

"내 말은……" 내가 그의 마지막 말을 듣고 마냥 웃고 있는 동안 뒤팽이 말을 이었다. "만약에 그 장관이 그저 수학자에 불과했다면, 경찰국장이 내게 이 수표를 줄 필요가 없었을 거라는 것일세. 하지만 난 그 장관이 수학자이면서 시인이라는 걸 알아. 그래서 그를 둘러싼 상황을 고려하면서 그의 능력을 가늠해보았지. 나는 그가 아첨꾼인데다가 대담한 모사꾼이라는 것도 아네. 그런 인물이라면 경찰의 평범한 행동 방식을 모를 리 없다고 생각했지. 그가 당한 불심검문을 예상하지 못했을 리가 없다고. 실제 사건들이 그가 예상했다는 것을 입증하잖아. 곰곰이 생각해보니, 그는 자기 집에 대한 비밀 수색을 예상했을 게 틀림없더군. 경찰국장이 수사에 도움이 된다면서 쾌재를 부르던 그의 버릇 말일세. 밤에 자주 집을 비우는 그 버릇. 난 그 버릇이 경찰에게 철저한 수색의 기회를 제공해서 실제로 G가 결국 도달한 확신에 더 빨리 도달하게 만들려고 꾸민 계략에 불과하다고 여겼네. 그 집에 편지가 없다는 확신 말일세. 또 내가 방금 전에 자네에게 상세히 설명하느라 약간 애를 먹은 장황한 생각 있지 않은가. 은닉된 물건을 수사할 때 경찰 행동의 불변적인 원리에 관한 생각 말일세. 난 그 생각 전체가 장관의 정신에도 반드시 떠올랐으리라고 느꼈어. 그 생각은 당연히 그를 모든 평범한 은닉장소를 기피하도록 이끌었겠지. 그는 자기 집에서 가장 복잡하고 외딴 구석도 경찰국장의 눈과 조사와 송곳과 현미경 앞에서는 가장 평범한 벽장과 다름없이 개방되리라는 것을 모를 정도로 어리석은 인물이 아니라고 생각했네. 요컨대 난 그가 당연히 단순한 방식으로 이끌렸거나, 아니면 신중히 숙고하여 단순한 방식을 선택했으리라고 판단했네. 아마 자네도 기억할걸? 우리가 처음 만난 날, 내가 경찰국장에게 이 수수께끼가 아주 자명하기 때문에 그토록 그를 괴롭히는 것이라고 주장했을 때, 경찰국장이 미친 듯이 웃지 않았는가."

"그랬지." 내가 말했다. "그가 유쾌하게 웃었던 일을 잘 기억하고 있네. 난 정말이지 그가 경기를 일으킨 줄 알았다니까."

"물질적인 세계에는……" 뒤팽이 말을 이었다. "비물질적인 것에 아주 적절하게 대응하는 놈이 풍부하게 있다네. 그래서 은유나 비유를 써서 논증을 강화하고 묘사를 장식할 수 있다는 수사학의 가르침에 어느 정도 일리가 있다고 여겨져온 거라네. 예컨대 관성의 원리는 물리학에서나 형이상학에서나 똑같은 것처럼 보이지. 큰 물체를 움직이기가 작은 물체를 움직이기보다 어렵다는 것, 그리고 그 움직여진 물체의 운동량은 그 어려움에 비례한다는 것은 물리학에서 진리야. 이와 마찬가지로 형이상학적 진리에 따르면, 고도의 지능이 움직이면 열등한 지능보다 더 힘차고, 안정적이고, 중요한 결과를 일으키지만, 고도의 지능은 열등한 지능보다 움직이기 어렵고 처음 몇 걸음을 내디딜 때는 갈팡질팡하면서 몹시 머뭇거리기 마련이라네. 다른 예를 들어볼까? 상점 입구에 설치된 간판들 중에서 어떤 것이 가장 눈길을 끄는지 생각해본 적 있나?"

"그런 생각은 해본 적 없네." 내가 말했다.

"수수께끼 게임이라는 것이 있어." 그가 다시 말문을 열었다. "지도를 놓고 하는 게임이지. 두 명이 게임을 하는데, 한 사람이 단어 하나를 정해놓고 다른 사람에게 그 단어를 알아내라고 요구하는 거야. 이를테면 도시, 강, 국가, 제국의 이름을 비롯해서 복잡하고 알록달록한 지도에 나오는 단어라면 아무 것이나 정해도 되고. 대개 초보자는 아주 작은 철자로 적힌 이름을 문제로 내서 상대방을 난처하게 만들려고 하지. 그러나 숙련자는 아주 큰 철자로 지도의 한쪽 끝에서 다른 쪽 끝까지 길게 늘여 쓴 단어를 선택하네. 그런 단어는 너무 큰 간판이나 펼침막과 마찬가지로 지나치게 눈에 띄어서 주목하기 어렵거든. 바로 이 대목에서 물리적 시각의 부주의는 지능의 정신적 부주의와 정확히 닮았다네. 지능은 그 정신적 부주의로 인해 너무 두드러지고 너무 자명한 생각들을 간과하지. 그런데 바로 이 점을 파악하기에는 경찰국장의 이해력이 너무 높거나 낮았던 것 같네. 그는 온 세상이 그 편지를 알아채지 못하게 만드는 최선의 방법으로 장관이 편지를 온 세상의 코 바로 아래에 두었을 개연성이나 가능성을 단 한번도 생각해보지 않았어.

"하지만 나는 D의 대담하고 과감하고 명민한 독창성을 생각하면 할수록…… 그가 그 문서를 유리하게 써먹을 요량이라면 항상 수중에 지녀야 한다는 사실, 그 문서가 경찰국장의 평범한 수색 범위 안에 숨겨지지 않았다는 결정적인 증거를 생각하면 할수록…… 난 말일세, 장관이 그 편지를 아예 숨기지 않는 방식, 그런 종합적이고 현명한 방식을 채택했다고 점점 더 확신하게 되었네.

"이런 생각들을 머리에 가득 담고 있다가, 어느 맑은 아침에 그냥 우발적으로 녹색 안경을 준비해서 장관의 저택에 갔어. D는 집에 있더군. 평소처럼 하품하고 빈둥거리고 어슬렁거리면서, 지루해서 죽을 지경인 척하더군. 그는 아마 생존해 있는 가장 열정적인 인간일 거야. 하지만 아무도 안 볼 때만 그렇지.

"나는 그와 눈높이를 맞추기로 했어. 내 시력이 약하다고 투덜거리고 안경을 쓸 수밖에 없다고 한탄했지. 그렇게 핑계를 대고서 신중하고 철저하게 집 전체를 살펴보았어. 겉으로는 주인의 말에 귀를 기울이는 척하면서.

"특히 그가 앉은 자리 근처에 놓인 커다란 책상을 눈여겨보았네. 그 책상 위에 잡다한 편지와 서류가 어지럽게 놓여있었거든. 악기 두 대와 책 몇 권도 있었고. 하지만 오랫동안 정말 신중하게 살펴보고 나니 거기에는 특별히 수상한 점이 없더군.

"방을 두루 살피던 내 시선이 결국 판지로 된 카드 꽂이에서 멈췄네. 금실로 겉만 그럴싸하게 장식한 꽂이였는데, 벽난로 선반 한가운데의 바로 아래에 박힌 작은 놋쇠 꼭지에 연결된 지저분한 푸른 끈에 매달려 있었지. 칸이 서너 개 있는 그 꽂이에 명함 대여섯 장과 단 한 통의 편지가 들어있었어. 그 편지는 몹시 구겨지고 더러웠네. 중앙선을 따라서 거의 두 조각으로 찢어져있었어. 처음에는 쓸데없다고 여겨 찢어버리려다가 생각을 바꿔서 그렇게 된 것 같더군. 그 편지에 암호로 D가 들어있는 큼직한 검은 도장이 매우 두드러지게 찍혀 있었고, 여성의 자그마한 글씨체로 'D에게'라고 적혀있었어. 그러니까 '장관 자신에게'라고 말이야. 아무렇게나 꽂혀있었어. 그것도 업신여겨서 그런 것처럼 꽂이에서 가장 높은 쪽에 말이야.

"그 편지를 보자마자 나는 그것이 내가 찾는 편지라고 결론 내렸네. 확실히 어느 모로 보나 경찰국장이 우리에게 상세히 알려준 편지의 모양과 전혀 딴판이었거든. 내가 본 편지에 찍힌 도장은 크고 검은데다가 암호로 된 D가 들어있는 반면, 경찰국장이 묘사한 편지의 도장은 작고 붉은데다가 S공작 가문의 문장이 들어있었지. 내가 본 편지의 수취인은 장관인데다가 여성적이고 작은 필체로 적혀있는 반면, 경찰국장이 묘사한 편지의 수취인은 왕실의 어떤 인물인데다가 확실히 대담하고 뚜렷하게 적혀있었지. 두 편지의 공통점은 오로지 크기뿐이었네. 하지만 그 과도할 정도로 근본적인 차이, 그 불결함, 그 더럽혀지고 찢어진 상태는 평소에 D의 철저한 습관과 너무 달랐어. 보는 사람이 그 문서를 하찮게 보게 하려는 의도를 눈치 채게 했어. 이 점들에다가 그 문서를 모든 손님의 눈에 띄도록 정말 두드러진 자리에 두었다는 점을 종합해 보니 내가 이미 도달한 결론들과 정확히 일치하더군. 의심하기로 마음먹고 온 사람이 보기에 그런 점들은 의심을 강력하게 뒷받침했다네.

"나는 되도록 시간을 끌었지. 틀림없이 장관의 관심과 흥분을 불러일으킨다는 것을 내가 잘 아는 그런 화제를 가지고 장관과 매우 활발하게 토론하면서, 계속해서 그 편지를 주목했어. 이번에는 편지의 모양과 꽂이에 꽂힌 상태를 외우려고 애썼네. 또 내가 그때까지 품었을 수도 있는 의심을 깡그리 날려버린 발견도 했지. 편지의 가장자리를 자세히 살펴보니 너무 심하게 닳아있는 거야. 그러니까 한 번 접어서 집게로 집어 놓았던 빳빳한 종이를 펴서 반대 방향으로 원래의 주름에 맞게 다시 접은 티가 나더라고. 이 발견으로 충분했어. 겉봉을 양말 뒤집듯 뒤집어서 안이 바깥으로 가도록 만든 다음에 다시 수취인을 적고 다시 도장을 찍었다는 것을 분명하게 깨달았네. 나는 장관에게 인사를 하고 책상 위에 금색 코담배갑을 놔둔 채로 떠났지.

“이튿날 아침 우리가 어제의 대화를 다시 아주 열정적으로 시작했을 때, 나는 그 코담배갑을 찾아야 한다면서 두리번거렸어. 그런데 그때 총소리와 비슷한 요란한 소리가 그 저택의 창 바로 아래에서 나더니 무시무시한 비명들이 잇따랐네. 공포에 질린 군중이 외치는 소리도 났지. D는 황급히 창가로 달려가 창을 열고 밖을 내다봤어. 그러는 사이에 나는 그 카드 꽂이로 다가가 그 편지를 꺼내고, 내가 집에서 정성들여 만들어 온 (겉모습만큼은) 똑같은 편지를 내 주머니에서 꺼내 그 자리에 꽂았네. 나는 빵으로 도장을 만들어서 아주 쉽게 D 암호를 모조했지.

“거리의 소동은 머스킷 총을 든 어떤 사내의 광란 때문에 일어난 것이었어. 그는 여자들과 아이들의 무리 속에서 총을 발사했지. 그런데 알고 보니 총알이 없는 총이었고, 그 사내는 정신병자나 술주정뱅이가 갈 곳으로 끌려갔네. 그 사내가 가고난 후에 D가 창가에서 돌아왔어. 나는 이미 목표물을 손에 넣자마자 그를 따라 창가에 가 있었고. 그리고 얼마 안 있어 나는 그에게 작별을 고했네. 미치광이 연기를 한 자는 내가 고용한 사내였다네.”

“그런데 자네가……” 내가 물었다. “왜 그 편지를 똑같은 모조품으로 바꿨지? 그냥 그 저택을 처음 방문했을 때 공개적으로 그 편지를 움켜쥐고 떠났다면 더 낫지 않았을까?"

"D는……" 뒤팽이 대답했다. "필사적인 인물이야, 다혈질이고. 또 그의 저택에는 그를 위해 헌신하는 하인들이 있네. 만약 내가 자네가 말한 거친 행동을 감행했다면, 나는 그 저택에서 산 채로 나오지 못했을 걸세. 파리의 선량한 시민들은 그 후 나의 소식을 듣지 못했을 테고. 하지만 이런 문제 말고도 내겐 다른 목적이 있었네. 자네도 나의 정치적 입장을 알 걸세. 정치적으로 나는 편지를 도둑맞은 귀부인의 편이야. 18개월 동안 장관은 그녀를 쥐락펴락했네. 하지만 이젠 그가 그녀의 손아귀 안에 있지. 왜냐하면 그는 그 편지를 잃었다는 것을 모르는 채로 마치 그 편지를 손에 쥐기라도 한 것처럼 그녀를 계속 착취할 테니까. 그러다가 불가피하게 정치적인 몰락을 맞겠지. 게다가 그의 추락은 갑작스럽기도 하고 우스꽝스럽기도 할 거야. '지옥에 떨어지기는 쉽다'라는 경구가 아주 잘 어울릴 거야. 하지만 카탈라니*가 노래와 관련해서 말했듯이, 모든 종류의 등반에서는 올라가기가 내려가기보다 훨씬 쉬운 법이라네. 아무튼 이 경우에 나는 떨어지는 자에 대해서 동정심을 느끼지 않네, 눈곱만큼의 연민도. 그는 끔찍한 괴물, 파렴치한 천재야. 하지만 솔직히 난 말일세, 그가 경찰국장이 '어떤 인물'이라고 부른 그녀로부터 일격을 당하고서 내가 카드꽂이에

---

* 안겔리카 카탈라니는 유명한 이탈리아 가수 — 옮긴이.

넣어둔 그 편지를 펴보았을 때 무슨 생각을 할지 참 궁금해."

"어째서? 자네가 그 편지에 무슨 특별한 내용이라도 써놓았나?"

"뭐랄까…… 그냥 백지로 남겨두는 건 왠지 옳지 않은 행동 같더라고. 그러면 실례일 것 같았어. 언젠가 비엔나에서 D가 나에게 못된 짓을 한 적이 있네. 나는 그에게 매우 명랑하게, 이 일을 잊지 못할 거라고 말했지. 어쨌거나, 그가 자신을 계략으로 이긴 놈이 누구인지 어느 정도 궁금할 게 뻔한데 그에게 단서를 주지 않으면 애석한 일이라고 생각했네. 그는 내 필체를 잘 알거든. 그래서 난 백지의 중앙에 이런 구절을 베껴 적기만 했다네.—

—그토록 치명적인 음모는 아트레우스만큼의
가치는 없더라도 튀에스테스*만큼의 가치는 있다.

크레비용**의 〈아트레〉에 나오는 구절이야."

---

* 미케네의 왕 아트레우스는 자신의 아내를 유혹한 동생 튀에스테스에게 복수를 했는데, 동생의 아들들을 죽여서 음식을 만들고 잔치를 열어 동생에게 그 음식을 대접했다.—옮긴이.

** 프로스페르 졸리오 드 크레비용은 프랑스의 시인 — 옮긴이.

황금 벌레

우아! 오호! 이놈 미친 듯이 춤추네!

타란툴라 독거미에게 물렸군.

—찰스 딥딘Charles Dibdin의 〈다 틀렸어All in the Wrong〉에서—

여러 해 전에 나는 윌리엄 레그런드 씨와 친분을 맺었다. 그는 유서 깊은 위그노 가문의 사람이었고 한때 부자였었지만 여러 번 불운을 겪으면서 가난한 신세로 전락해 있었다. 실패에 뒤이은 굴욕을 면하기 위하여 그는 조상들이 살던 뉴올리언스를 떠나 남 캘리포니아 찰스턴 근처의 설리번 섬에 정착했다.

이 섬은 아주 독특한 곳이다. 거의 전부 바다모래로 이루어졌고, 길이는 대략 5킬로미터다. 폭은 400미터를 넘는 곳이 없다. 간신히 눈에 띌 만큼 가는 물길에 의해 육지로부터 분리된 섬인데, 그 물길 주변은 갈대와 진흙으로 뒤덮인 습지여서 뜸부기들이 즐겨 찾는다. 짐작하겠지만 식물은 거의 없거나 기껏해야 왜소하다. 크기를 막론하고 나무는 보이지 않는다. 서쪽 끝자락에 물트리 요새가 있고 여름에 찰스턴의 먼지와 열기를 피해 온 사람들이 세 드는 엉성한 건물 몇 채가 있는데, 거기에서라면 뻣뻣한 야자나무를 볼 수도 있다. 하지만 그 서쪽 지점과 해안의 희고 단단한 모래톱을 제외하면, 섬 전체가 영국의 원예가들이 몹시 아끼는 은매화 덤불로 빽빽하게 덮여 있다. 이 섬의 은매화는 흔히 5미터나 6미터까지 자라 거의 통과할 수 없는 숲을 이루고 제 향기로 공기를 짓누른다.

레그런드는 섬의 저편 가장자리, 그러니까 동쪽 가장자리에서 그리 멀지 않은 이 숲의 가장 깊숙한 곳에 오두막을 지었다. 내가 그저 우연히 그를 알게 되었을 때 그는 거기에 살고 있었다. 그냥 아는 사이는 곧 우정으로 발전했다. 왜냐하면 그 은둔자에게는 흥미와 존경을 자아내는 구석이 많았으니까. 나는 그가 좋은 교육을 받았고 비범한 정신력의 소유자이지만 인간혐오증에 걸렸고 열정과 우울이 제멋대로 교차하는 기분장애에 시달리고 있음을 알게 되었다. 그는 책이 많았지만 읽는 적은 거의 없었다. 그가 주로 즐기는 활동은 사냥과 낚시, 또는 조개껍데기나 곤충 표본을 찾아 해변과 은매화 숲을 어슬렁거리는 것이었다. 그가 수집한 곤충 표본들은 스왐머담*

* Johann Jacob Swammerdamm 1637—1680, 《곤충 일반의 역사》(1669)를

도 부러워할 만했다. 채집하러 나설 때 그는 주피터라는 늙은 흑인과 동행하곤 했는데, 그 흑인은 가문이 불운을 당하기 전에 해방되었으나 협박과 유혹에 맞서 그의 젊은 "윌 쥔님"과 동행할 권리를 포기하지 않은 인물이었다. 어쩌면 레그런드가 정신적으로 약간 불안정하다고 여긴 그의 친척들이 주피터가 그런 고집을 부리도록 일을 꾸몄는지도 모른다. 그가 방랑자를 감독하고 돌보아주리라고 기대하면서 말이다.

설리번 섬이 위치한 위도의 겨울은 혹독할 때가 드물고, 가을에 난방이 필요하다고 느끼는 일은 거의 없다. 그러나 18--년 10월 중순은 대단히 추웠다. 해가 지기 직전에 나는 상록수들을 헤치고 몇 주 동안 방문하지 않은 친구의 오두막으로 갔다. 당시에 나의 집은 섬에서 15킬로미터 떨어진 찰스턴에 있었는데, 교통수단은 오늘날에 비해 턱없이 열악했다. 나는 오두막에 도착하자마자 습관대로 문을 두드렸고, 대답이 없자 원래 알던 비밀 장소에서 열쇠를 찾아 문을 열고 들어갔다. 벽난로에 멋진 불꽃이 찬란하게 타오르고 있었다. 참신한 일이었고 고마울 따름이었다. 나는 외투를 벗고 딱딱거리는 장작 곁에 놓인 팔걸이의자에 앉아 주인들이 오기를 느긋하게 기다렸다.

어둠이 내리고 얼마 지나지 않아 주인들이 도착하여 나를

쓴 곤충학자 — 옮긴이.

정말 진정으로 환영했다. 주피터는 입이 귀 밑에 걸리도록 밝게 웃으며 저녁거리로 뜸부기 몇 마리를 요리하느라 분주히 움직였다. 레그런드는 — 심한 표현이라도 어쩔 수 없다 — 광적인 열정에 휩싸여 발작하는 중이었다. 그는 새로운 속으로 분류해야 할 미지의 쌍각류 조개를 발견했을 뿐 아니라, 그가 보기에 완전히 새로운 풍뎅이를 주피터의 도움으로 추격하여 생포했다. 하지만 풍뎅이에 대해서는 내일 나의 의견을 듣고 싶어 했다.

"왜? 오늘밤에 들으면 안 되고?" 나는 세상의 모든 풍뎅이가 악마에게 잡혀가기를 바라는 마음으로 불가에서 손을 비비며 물었다.

"아하, 자네가 여기에 있는 줄 알면 좋았을 걸!" 레그런드가 말했다. "하지만 자넬 본 적이 하도 오래전이잖은가. 하필이면 오늘밤에 자네가 올 줄 내 어찌 예상했겠나? 집으로 오는 길에 요새의 G 중위를 만났지 뭔가. 내가 정말 바보처럼 그 자에게 딱정벌레를 빌려줬어. 그러니 자넨 내일 아침에나 볼 수 있을 거야. 오늘밤에 여기 머물게, 해 뜨는 대로 주프를 보내 딱정벌레를 가져올 테니. 그건 세상에서 가장 사랑스런 피조물이라네!"

"뭐가? 해 뜨는 게?"

"말도 안 돼! 그게 아니라, 그 벌레가 사랑스럽다고. 녀석은 찬란한 금색이야. 크기는 큼직한 히코리* 열매만 하고, 등판 가장자리에 새까만 점이 두 개, 약간 길쭉한 또 하나의 점은 다른 쪽 가장자리에 있어. 더듬이는……"

"그놈 안에 양철 없어, 윌 쥔님, 지가 말할게요." 주피터가 끼어들었다. "그거 황금벌레, 단단해, 온통 속까지 죄다, 날개 빼고요 내 평생 그놈 반만큼만 무거운 벌레 못 봤어요."

"좋아, 주프, 그렇다고 해두지." 레그런드가 진지하게 대꾸했다. 내가 보기에 상황에 적절한 정도보다 약간 더 진지했다. "그래서 자네가 뜸부기 요리를 태우는 중인가? 그 색깔은" — 이 대목에서 그가 나에게 시선을 돌렸다 — "정말 주피터의 생각을 보증하기에 충분한 수준이었어. 자넨 그 껍데기가 내뿜는 것보다 더 찬란한 금속성 광택을 본 적이 없어. 하긴 내일이 되어야 판단할 수 있겠군. 그 전에 내가 모양은 대충 알려줄 수 있네." 이렇게 말하면서 그는 작은 탁자 앞에 앉았다. 탁자 위에 펜과 잉크가 있었지만, 종이는 없었다. 그는 서랍을 뒤졌으나 종이를 발견하지 못했다.

"뭐 괜찮아." 마침내 그가 말했다. "이거면 될 거야." 그는 조끼 주머니에서 A4용지만 해 보이는 아주 더러운 종잇조각을 꺼내어 펜으로 대략적인 그림을 그렸다. 그러는 동안에 나는 불가의 자리를 지켰다. 난 아직 추웠으니까. 그림이 완성되

* 북아케리카 산 호두나무과 식물 — 옮긴이.

자 그는 앉은 채로 내게 종이를 건넸다. 내가 종이를 받을 때 짐승소리가 크게 울렸고 이어서 문을 긁는 소리가 났다. 주피터가 문을 열자 레그런드가 키우는 커다란 뉴펀들랜드 개가 달려 들어와 내 어깨로 뛰어오르더니 입맞춤을 퍼부었다. 전에 내가 녀석에게 많은 관심을 보였기 때문이었을 것이다. 녀석의 장난이 끝났을 때 나는 종이를 보았고, 솔직히 말해서 친구가 그린 그림이 적잖이 아리송했다.

"으흠!" 몇 분 동안 그림을 들여다보고 나서 내가 말했다. "이상한 풍뎅이라고 할 수밖에 없구먼. 난 처음 봐. 이런 놈을 본 적이 없어. 시체의 머리나 두개골은 아니지? 내가 본 것 중에선 그게 이놈과 가장 비슷한데."

"시체의 머리!" 레그런드가 내 말을 따라 했다. "아하, 그러네. 으흠, 종이에 그려놓으니 영락없이 그렇겠구먼. 위쪽에 있는 검은 점 두 개가 눈이고, 옳거니 아래쪽의 길쭉한 점은 입처럼 보이고, 전체적으로 계란 모양이고. 그런가?"

"그런 것도 같아." 내가 말했다. "하지만, 레그런드, 자넨 화가가 아니지 않은가. 내가 이 딱정벌레를 직접 봐야 그 모습에 대해서 뭐라 말할 수 있을 것 같네."

"글쎄……" 그가 약간 안달을 내며 말했다. "내 그림이 못 봐줄 수준은 아니거든. 당연하지, 훌륭한 선생들에게 배웠는데. 또 내가 완전 돌대가리는 아니라고 자부하고."

"이보게, 내 존경하는 친구, 그렇담 자네 장난치고 있군." 내가 말했다. "이건 누가 봐도 두개골이야. 심지어 이런 생리학적 표본들을 이야기할 때 쓰는 상스런 말로 하자면, 매우 훌륭한 두개골이라고 해도 과언이 아냐. 만약에 자네의 풍뎅이가 이 두개골을 닮았다면 말이야, 그놈은 세상에서 가장 이상한 풍뎅이일 수밖에 없네. 이걸 단서로 삼아 정말 오싹한 미신을 지어내도 되겠는걸. 자네가 그 벌레에 인간 머리 풍뎅이나 그 비슷한 이름을 붙인다고 해봐. 왜 자연사에는 그런 이름 많잖아. 한데 아까 말하던 더듬이는 어디에 있나?"

"더듬이!" 레그런드가 말했다. 그는 열이 오른 듯했다, 영문은 알 수 없었지만. "난 자네 눈에 틀림없이 더듬이가 보인다고 확신해. 내가 진짜 곤충에 있는 것만큼 뚜렷하게 더듬이를 그렸으니까. 난 그걸로 충분하다고 보네."

"어어, 그런가." 내가 말했다. "혹시 자네…… 역시 난 안 보여." 난 그의 기분을 뒤흔들지 않으려고 군말 없이 종이를 건네주었다. 하지만 그때까지의 상황에 상당히 놀랐다. 그의 서투른 유머를 이해할 수 없었다. 그리고 그 딱정벌레 그림에 대해서 확실히 말하는데, 더듬이는 보이지 않았고 전체적인 모습은 평범한 시체의 머리와 아주 비슷했다.

그는 몹시 퉁명스럽게 종이를 받았고 불속에 던질 생각인 듯 꾸겨버리기 직전에 흘끗 쳐다보았다. 그 순간 그의 정신은 그 그림에 꽂혀버린 것 같았다. 그의 얼굴은 순식간에 격렬히 달아올랐고, 다음 순간 터무니없이 창백해졌다. 몇 분 동안 그는 앉은 자리에서 그림을 꼼꼼하게 살펴보았다. 마침내 일어나 탁자에서 촛불을 집어 들더니 방의 반대편 구석으로 걸어가 궤짝 위에 앉았다. 거기에서 다시 처절하게 종이를 들여다보았다. 이리저리 온갖 방향으로 돌려가면서. 그러나 그는 아무 말도 하지 않았고, 나는 그의 행동에 몹시 당황했지만 말을 걸어 점점 심하게 요동하는 그의 기분을 들쑤시지 않는 게 좋겠다고 생각했다. 이윽고 그는 외투 주머니에서 지갑을 꺼내 종이를 그 안에 조심스럽게 넣은 다음, 종이가 든 지갑을 책상 서랍에 넣고 잠갔다. 이제 그는 점차 침착하게 처신했다. 아까의 열정적인 분위기는 완전히 사라졌다. 하지만 그는 부루퉁하다기보다 무언가에 정신이 팔려 멍한 것 같았다. 밤이 깊을수록 그는 더욱 더 몽상에 빠져들었고, 내가 거는 말들은 그를 깨우지 못했다. 나는 예전에 자주 그랬듯이 그 오두막에서 묵을 계획이었지만 주인의 기분 상태를 보면서 그만 떠나는 편이 적절하겠다고 판단했다. 그는 내가 머물 것을 강요하지 않았지만, 내가 떠날 때 평소보다 훨씬 더 충실하게 나와 악수했다.

그로부터 한 달 쯤 뒤에(그 사이에 나는 레그런드를 전혀 보지 못했다) 그의 하인 주피터가 찰스턴의 나를 방문했다. 나는 그 늙고 착한 흑인이 그토록 의기소침한 것을 본 적이 없었다. 내 친구에게 어떤 심각한 불행이 닥친 것 같아 두려웠다.

"그래, 주프." 내가 말했다. "무슨 일인가? 자네 주인은 어떻게 지내지?"

"예, 솔직이 말씀해서, 쥔님이 평소대로 아주 잘 지내지 않아요."

"잘 지내지 못한다고! 정말 안타까운 소식이로군. 그가 뭘 불만스러워 하나?"

"그거! 그래! 암것두 불평 안 해요. 하지만서두 마니 아파."

"많이 아프다고! 주피터, 왜 당장 그렇게 말하지 않았어? 그가 꼼짝없이 침대에 누워있나?"

"아니요, 쥔님 어…… 거기, 신발 낀 데…… 지 맘 마니 무거요…… 불쌍해 윌 쥔님."

"주피터, 내가 자네의 말을 알아들을 수 있으면 정말 좋겠네. 주인님이 아프다고 그랬지. 혹시 주인님이 자네에게 어디가 아픈지 말해주지 않았나?"

"쥔님 그 일 땜에 한동안 미쳤어…… 윌 쥔님 아무 말 안 해…… 그때 여기 이 길 찾아 나서, 머리 숙이고 어깨 으쓱하고, 거위처럼 하얗게? 그 담에 하루 종일 사이펀 갖고 다녀……"

"뭘 갖고 다닌다고?"

"사이펀, 돌 판에 숫자 있어 사이펀…… 지가 본 젤 이상한 숫자. 곱하기 해는 같아요. 동네사람 숨겨야 해 그날 쥔님 해 뜨기 전 나한테 도망 하루 종일 가버려. 나 쥔님 오면 실컷 패려고 큰 나무때기 준비했어…… 나 맘 아예 없어 바보…… 쥔님 마니 불쌍해 보여요."

"뭐…… 뭐라고? 아하, 그래! 그러니까 요점은 자네가 그 불쌍한 친구에게 너무 가혹하게 굴지 않길 잘했다는 말이지? 그를 때리지 말게, 주피터…… 맷집이 좋은 친구가 아닐세…… 그런데 그의 병, 아니 그의 행동 변화가 왜 생겼는지에 대해서 혹시 생각하는 게 있나? 내가 떠난 후에 무슨 불미스런 일이라도 있었는가?"

"아뇨, 그 후 나쁜 일 쫌도…… 어…… 그 전인 것 같아…… 당신이 거기 있던 그날."

"뭐라고? 그게 무슨 말이지?"

"그 벌레…… 그때 그 벌레요."

"그 뭐?"

"그 벌레…… 윌 쥔님 머리 말고 어디 물렸어요, 그 황금벌레, 진짜 확실해요."

"주피터, 자넨 왜 그렇게 믿는 거지?"

"발톱 있고 아가리도 있어, 글케 지독한 벌레 첨 봤어, 아무거나 물고 할켜. 윌 쥔님 꽁무니 잡았다 금세 놔줬어…… 분명해 그때 물렸어. 지는 그 벌레 보기 싫어, 손가락으로 잡기 싫었어. 종잇조각 찾아서 잡았어요. 종이로 싸고 아가리까지 종이 막았어요. 글케 된 거예요."

"그러니까 자네의 주인님이 그 딱정벌레에게 물렸고, 그래서 병에 걸렸다고 생각하는 게로군?"

"생각하는 거 아니어요 알어요. 쥔님 황금벌레 안 물렸으면, 왜 그렇게 마니 황금 꿈 꿔요? 전엔 황금 얘기 못 들었어."

"하지만 주인님이 황금 꿈을 꾸는 걸 자네가 어떻게 아나?"

"어떠케 아냐요? 쥔님 자면서 황금 얘기 해니까…… 그래서 알어요."

"어허 그래, 주프, 자네 말이 맞는 것도 같군. 한데 자네가 오늘 이렇게 영광스럽게도 날 찾아온 까닭은 뭘까?"

"무슨 말씀이셔요?"

"레그런드 씨의 편지라도 가져왔는가?"

"아아 예, 여기 이거 가져와요." 이 대목에서 주피터는 내게 아래의 글이 적힌 쪽지를 건넸다.

나의 소중한 친구,

왜 이토록 오랫동안 자네에게 연락을 끊었던 건지…… 내가 약간 무심했던 것 때문에 어리석게도 자네의 마음이 상하지 않았기를 바라네. 아니, 아닐세, 그럴 가능성은 희박할 거야.

자네를 본 날 이후 나는 큰 걱정거리가 생겼다네. 자네에게 할 말이 있는데, 어떻게 말해야 할지, 심지어 말을 해야 할지 말아야 할지조차 좀체 모르겠네.

지난 며칠 동안 난 별로 편치 못했다네. 늙고 가련한 주프가 나를 못살게 구는군. 좋은 의도로 내게 주의를 기울이는 것인데, 거의 못 견딜 지경이야. 믿어주겠나? 어느 날엔가는 그에게서 달아나 혼자 육지의 산에서 낮 시간을 보낸 나를 혼내려고 큼직한 몽둥이를 준비했더군. 정말이지 내가 몰골만 아니었어도 매질을 당했을 거야.

우리가 만난 이후 나의 진열장에 추가된 수집품은 없네.

혹시 가능하거든, 아무 부담 없이 주피터와 함께 이리 와주게. 꼭 와줘. 긴히 상의할 일이 있어 오늘밤에 자네를 보았으면 하네. 매우 중요한 사안이라고 장담하네.

언제나 자네의 편인
윌리엄 레그런드

이 글의 어투에는 나를 몹시 불안하게 만드는 무언가가 있었다. 전체적인 문체가 레그런드의 것과 사뭇 달랐다. 대체 그는 무슨 꿈을 꾸고 있는 것일까? 어떤 새로운 꼬투리가 쉽게 흥분하는 그의 뇌를 사로잡은 것일까? 그가 상의하려는 "매우 중요한 사안"은 과연 무엇일까? 그의 상태가 주피터의 설명대로라면, 예감이 좋지 않았다. 불운의 압박이 지속되어 결국 내 친구의 이성이 확실히 흐트러진 게 아닐까 염려스러웠다. 그리하여 지체 없이 그 흑인과 함께 나설 채비를 했다.

부두에 도착한 나는 큰 낫 한 자루와 삽 세 자루를 보았다. 전부 새것 같았고, 우리가 탈 배의 바닥에 놓여있었다.

"주프, 이게 다 웬 건가?" 내가 물었다.

"쥔님 낫하고 삽요."

"물론 그렇지. 한데 이것들이 왜 여기에 있냐고?"

"윌 쥔님 지가 시내에서 사오라고, 지가 살려고 돈 마니 줬어요."

"그래도 정말 궁금하구먼. 자네의 '윌 쥔님'이 낫과 삽으로 대체 무얼 하려고 하나?"

"그건 몰라요. 글구 지가 맹세해요, 쥔님도 몰라요. 암튼 죄다 그 벌레 때문이요."

"그 벌레"에 온 정신이 팔린 듯한 주피터에게서 만족스런 대답을 얻을 수는 없다고 판단한 나는 배에 올라 돛을 올렸다. 적당히 강한 바람 덕에 우리는 곧 물트리 요새 북쪽의 오목한 물가에 배를 댔고 3킬로미터 가량 걸어서 오두막에 도착했다. 때는 오후 세 시 즈음이었다. 레그런드는 우리를 애타게 기다리고 있었다. 그는 초조한 인상으로 내 손을 잡았는데, 그 인상은 내가 이미 품은 의심을 되살리고 더욱 부채질했다. 그의 안색은 시체처럼 창백했고, 움푹 꺼진 눈은 자연스럽지 않은 광채를 냈다. 나는 그의 건강에 대하여 몇 마디 물은 다음에 달리 할 말이 없어, 그 풍뎅이를 G 중위에게서 돌려받았느냐고 물었다.

"아하, 그래" 하고 대답하는 그의 얼굴에 갑자기 혈색이 돌았다. "그 다음날 아침에 받았지. 어떤 유혹도 나와 그 풍뎅이를 갈라놓을 수 없거든. 자네, 주피터의 생각이 전적으로 옳다는 거 아나?"

"무슨 생각이?" 나는 속으로 슬픈 예감을 하며 물었다.

"그놈이 진짜 황금 벌레라는 생각 말일세." 그는 이 말을 매우 진지하게 했고, 나는 형언할 수 없을 정도로 충격을 받았다.

"그 벌레가 큰돈이 될 거야." 의기양양한 미소를 지으며 그가 덧붙였다. "그것으로 우리 가문의 재산을 되찾을 걸세. 그러니 내가 그놈을 애지중지하는 건 놀랄 일이 아니지 않은가? 행운의 여신이 내게 그놈을 선사하는 게 옳다고 생각하셨으니까, 내가 할 일은 그놈을 적절히 이용하는 것뿐이네. 그러면 그놈이 일러주는 황금에 도달하게 될 거야. 주피터, 그 풍뎅이 가져와!."

"예? 그 벌레요? 지는 그 벌레 손대기 싫어…… 쥔님 손수 해요." 그러자 레그런드가 엄숙하고 당당한 표정으로 일어나 유리 상자에서 딱정벌레를 꺼내어 내게 가져왔다. 아름다운 풍뎅이였다. 당시에 과학자들은 모르던 놈이었다. 과학적인 관점에서 보면 당연히 대단한 포획물이었다. 등껍데기의 한쪽 끄트머리에 검고 둥근 점이 두 개, 다른 쪽 끄트머리에 긴 점이 하나 있었다. 껍데기는 아주 단단하고 반들반들해서 정말이지 윤을 낸 황금과 똑같게 보였다. 놈의 무게는 정말 특이했다. 이 모든 점들을 고려할 때 나는 그 풍뎅이를 특별하게 여기는 주피터를 거의 나무랄 수 없었다. 하지만 그 견해에 동의하는 레그런드는 어떻게 이해해야 할까? 아무리 머리를 쥐어짜도 도통 알 수가 없었다.

"내가 자네를 부른 건……" 내가 딱정벌레를 완전히 살펴보았을 때, 레그런드가 장엄한 연설을 하는 투로 말했다. "내가 자네를 부른 건 운명과 그 벌레에 대한 생각을 더 발전시킴에 있어서 자네의 조언과 도움을 구하기 위해서인데……"

"레그런드, 자네는 나의 소중한 친구야." 내가 그의 말을 끊으며 애원했다. "자네 확실히 상태가 좋지 않아. 조금 조심하는 게 좋을 듯하네. 자리에 눕게나. 자네가 회복될 때까지 며칠 동안 내가 곁에 있을 테니. 자네 열이 있고, 또……"

"내 맥박을 잡아보게." 그가 말했다.

나는 그의 맥을 짚었고, 솔직히 말해서 열병의 조짐은 눈곱만큼도 감지하지 못했다.

"열은 없지만 병에 들었을 수도 있어. 이번 한 번만 내 지시에 따라주게나. 우선 침대에 눕게. 그 다음에……"

"자네가 틀렸어." 그가 말을 끊었다. "난 평소에 흥분했을 때와 조금도 다르지 않네. 정말로 나를 위한다면 이 흥분을 가라앉혀 주게."

"어찌하면 되겠나?"

"아주 쉬워. 주피터와 나는 육지의 산으로 탐험을 나갈 참인데, 그 탐험을 위해서 신뢰할 수 있는 누군가의 도움이 필요하다네. 자네는 우리가 믿을 수 있는 유일한 사람이지. 지금 자네가 알아챈 나의 흥분은 우리가 성공하든 실패하든 상관없이 가라앉을 것이네."

"난 어떻게든 자네를 돕고 싶어." 내가 대답했다. "하지만 이 빌어먹을 딱정벌레가 자네들의 탐험과 무슨 상관이 있다는 얘긴가?"

"상관이 있네."

"그렇다면 레그런드, 난 그런 어처구니없는 행동에 동참할 수 없네."

"유감이군, 매우 유감이야. 그럼 우리끼리 해보는 수밖에."

"우리끼리 해본다고! 이 친구 확실히 미쳤군! 잠깐! 얼마나 오래 걸릴 것 같은가?"

"아마 밤을 새울 거야. 지금 당장 출발할 거고, 무슨 일이 있어도 해뜰 때 돌아오게 될 걸세."

"자네의 흥분이 가라앉고 그 벌레 사업(오, 하느님!)이 자네가 만족할 만큼 종결되면 집으로 돌아와서 내 조언을 의사의 조언인 것처럼 절대적으로 따르겠다고 명예를 걸고 맹세하겠나?"

"좋아, 맹세하네. 그럼 이제 출발하세. 허비할 시간이 없네."

나는 무거운 마음으로 친구와 동행했다. 우리, 그러니까 레그런드와 주피터와 그 개와 나는 네 시 정각 즈음에 출발했다. 주피터는 낫과 삽을 챙겼다. 그는 그것들을 자기가 운반하겠다고 고집했다. 내가 보기에 그는 친절이나 성실이 넘쳐나서 그러는 것이 아니라 그 연장들을 주인의 손이 닿는 곳에 두는 게 두려워서 그러는 것 같았다. 그의 행동은 극단적으로 완고했고, 이동 중에 그의 입술 사이로 빠져나오는 유일한 말은 "그 지독한 벌레"였다. 나는 침침한 등 두 개를 맡았고, 레그런드는 그 풍뎅이를 지니는 것으로 만족했다. 그는 채찍 끈한 가닥에 녀석을 매달아 마술사처럼 앞뒤로 흔들며 걸었다. 그 동작은 내 친구가 미쳤다는 확실한 증거였다. 나는 그 동작을 보면서 눈물을 감추기 어려웠다. 하지만 적어도 지금은, 다시 말해 성공 가능성이 있는 더 강력한 처방을 쓸 수 있을 때까지는, 그의 환상에 동조하는 게 최선이라고 생각했다. 이동 중에 나는 그에게서 탐험의 목적에 대하여 들으려고 애썼지만 헛수고였다. 이미 나를 끼어들이는 데 성공한 그는 사소한 이야기조차 하고 싶지 않은 듯했다. 나의 모든 질문에 대하여 그가 내리신 대답은 "곧 알게 돼"였다.

우리는 섬의 끝에 놓인 물길을 조각배로 건넜고, 육지 쪽 해안의 고원에 올라 북서쪽으로 전진했다. 사람의 발자국이라곤 전혀 없는 몹시 황량하고 외딴 지역이었다. 레그런드가 앞장서서 진로를 결정했다. 그는 이따금씩 특징적인 지형을 살피기 위해 잠깐만 걸음을 멈췄다. 그런 지형은 그가 미리 정해 둔 표지물인 것 같았다.

그런 식으로 우리는 두 시간 정도 이동했고, 해가 막 질 때에 이제껏 본 곳들과 비교할 수 없을 정도로 삭막한 지역에 들어섰다. 그곳은 일종의 평지였고 인근에는 아래부터 꼭대기까지 빽빽한 숲으로 뒤덮여 거의 접근할 수 없는 봉우리가 있었는데, 그 숲에는 흙에 살짝 묻힌 듯한 거대한 바위들이 여기저기 놓여 있었다. 많은 바위들은 아래로 구르다가 나무에 걸린 덕분에 멈춰 있었고, 이곳저곳의 산사태 흔적은 풍경을 더욱 엄숙하게 만들었다.

우리가 오른 자연적인 평지는 나무딸기 덤불로 빽빽이 뒤덮여 있었고, 곧 알게 되었지만 낫이 없으면 전진할 수 없을 정도였다. 그리하여 주피터가 주인의 지시로 앞장서서 키가 엄청나게 큰 튤립나무 아래까지 길을 냈다. 그 나무는 참나무 여덟아홉 그루와 함께 서있었는데, 잎과 형태의 아름다움에 있어서, 가지들이 펼쳐진 범위에 있어서, 전체적인 모습의 당당함에 있어서 그 참나무들과 그때까지 내가 본 모든 나무를 압도했다. 우리가 그 나무에 도착했을 때, 레그런드가 주피터를 바라보며 올라갈 수 있겠느냐고 물었다. 늙은 흑인은 약간 망설이는 듯이 한동안 대답하지 않았지만, 이윽고 거대한 밑동에 접근하여 천천히 돌면서 나무를 꼼꼼히 살폈다. 그가 나름대로 정밀한 조사를 마치고 내뱉은 말은 이랬다.

"예, 쥔님, 주프 평생 본 나무 죄다 올라요."

"그럼 최대한 신속하게 올라가라. 곧 너무 어두워서 주위를 살필 수 없게 될 테니까."

"얼마 멀리 올라까요, 쥔님?" 주피터가 물었다.

"먼저 중심 줄기를 타고 올라가. 그 다음엔 내가 어디로 갈지 말해 줄게…… 그리고 이거…… 잠깐! 이 딱정벌레를 가지고 가라."

"그 벌레! 윌 쥔님! 그 황금 벌레!" 흑인이 소스라쳐 물러나며 외쳤다. "뭐하려 그 벌레 갖고 나무 올라요? 그럼 안 올라요!"

"주프, 자네처럼 기골이 장대한 흑인이 이깟 죽은 딱정벌레를 지니는 게 무섭다면, 이 끈에 매달아서 들면 되지 않겠나……. 좌우지간 내 명령에 따르지 않는다면, 난 어쩔 수 없이 이 삽으로 자네의 대가리를 부숴버리게 될 것이네.

"쥔님, 진정하셔요." 부끄러움을 느껴 복종하기로 한 기색이 역력한 주피터가 말했다. "항상 늙은 흑인이랑 다투려 하셔, 그냥 농담이었쇼. 그 벌레 안 무서! 지가 왜 그 벌레 무서?" 그러면서 그는 그 벌레가 그의 몸에서 가능한 한 멀리 떨어지도록 끈의 맨 끝을 조심스럽게 잡고 나무에 오를 준비를 갖췄다.

미국의 숲에서 가장 웅장한 종인 튤립나무, 학명으로 리리오덴드론 툴리페룸Liriodendron Tulipferum은 젊을 때 줄기가 유난히 매끄럽고 흔히 수평 가지들을 내뻗지 않으면서 아주 높게 자라지만, 나이가 들면 껍질에 혹이 생겨 울퉁불퉁해지고 줄기에 짧은 가지들이 많이 생겨난다. 그러므로 이 튤립나무를 타고 오르기는 보기보다 어렵지 않을 것이었다. 주피터는 팔과 무릎을 최대한 밀착시켜 거대한 둥치를 감싼 채 돌출부를 손으로 움켜쥐거나 맨발로 딛으면서 한두 번 떨어질 위기를 넘긴 끝에 마침내 처음으로 큰 가지가 갈라지는 지점까지 꿈틀거리며 올라갔다. 그는 사실상 임무를 완성했다고 생각하는 듯했다. 실제로 성공 여부가 위태로운 상황은 이제 끝났다. 물론 나무 위 약 20미터 높이에 사람이 매달려 있긴 했지만 말이다.

"월 쥔님, 어디 길로 갈까요?" 그 사람이 물었다.

"계속 가장 큰 가지를 타. 여기 이쪽 가지." 레그런드가 말했다. 흑인은 즉시 복종했고, 별 어려움은 없는 것 같았다. 그는 높이 더 높이 올라갔고, 빽빽한 잎들에 가려 그의 땅딸막

한 체구를 더는 볼 수 없게 되었다. 이제 그의 목소리는 일종의 외침으로 들렸다.

"얼마나 더 올라요오?"

"얼마나 높은 곳에 있나?" 레그런드가 물었다.

"이만큼여어." 흑인이 대답했다. "나무 꼭대기 뚫고 하늘 보여요오."

"하늘에 신경 쓰지 말고 내 말 잘 들어. 아래를 보면서 네 아래로 이쪽 편에 있는 가지의 개수를 세어봐. 자네가 지나친 가지가 몇 개인가?"

"하나, 둘, 셋, 넷, 다서 - - 쥔님, 이쪽 큰 가지 다섯 개요오."

"그럼 한 가지 더 올라가."

몇 분 뒤에 일곱 번째 가지에 도달했다고 선언하는 목소리가 다시 들려왔다.

"좋아, 주프." 눈에 띄게 흥분한 레그런드가 외쳤다. "자네가 그 가지를 타고 최대한 멀리 갔으면 하네. 이상한 게 보이거든 알려주게나." 그 순간 가련한 친구의 광기에 대하여 내가 가졌던 일말의 의심이 최종적으로 사라졌다. 그가 미쳤다는 결론을 내릴 수밖에 없었다. 그를 집으로 데려갈 일이 심히 걱정스러웠다. 내가 어찌하는 게 최선일지 고민하고 있을 때, 주피터의 목소리가 다시 들려왔다.

"이 가지 타고 멀리 가기 겁나요오. 죽은 가지 계속 마니 휘어져요오."

"주피터, 죽은 가지라고 했나?" 레그런드가 떨리는 목소리로 외쳤다.

"예, 쥔님. 완전 죽었어! 확실히 갔어, 여기 목숨 끊어졌어."

"젠장, 세상에, 이제 어떻게 하지?" 레그런드가 물었다. 몹시 근심스런 눈치였다.

"이렇게 하게!" 끼어들 기회가 온 것에 반색하며 내가 말했다. "집에 가서 자리에 눕지 그래. 지금 당장! 주프는 훌륭한 친구잖아. 날은 저물어가고, 게다가 자네 아까 약속한 거 잊지 않았지?"

"주피터" 내 말에 조금도 괘념치 않고 그가 외쳤다. "내 말 들리나?"

"예, 윌 쥔님, 확실하게 들려여어."

"네가 가진 칼로 나무를 잘 검사해봐. 완전히 썩은 것 같은가?"

"썩었어요, 쥔님, 확실해요." 잠시 후에 흑인이 대답했다. "하지만 완전 썩지 않았어여. 저 혼자서 조금 더 가도 될 성 싶어요, 정말로."

"혼자서 라니? 그게 무슨 말인가?"

"이 벌레요. 벌레 아주 무거워요. 이거 놓아서 떨어뜨리면

흑인 한 명 무게로 가지 안 부러질 거요."

"이런 천하에 몹쓸 놈!" 한결 안심한 기색으로 레그런드가 외쳤다. "그 따위 헛소리로 잔꾀를 부려? 확실히 말해두는데, 네가 그 딱정벌레를 떨어뜨리면 난 네 목을 부러뜨린다. 이봐, 주피터, 내 말 들리나?"

"예, 쥔님, 불쌍한 흑인한테 그리 고함칠 필요 없어요."

"좋아! 잘 들어라! 딱정벌레를 놓지 않고 네가 보기에 안전한 한도까지 가지를 타고 최대한 멀리 가면, 내려오는 즉시 은화 한 닢을 선물로 주겠다."

"벌써 가요, 윌 쥔님." 흑인이 득달같이 대꾸했다. "인제 거의 끝이에요."

"끝까지 가!" 이 대목에서 레그런드는 제대로 고함을 질렀다. "가지 끝까지 갔나?"

"금방 가요, 쥔님. 어, 어, 허, 헉! 아이쿠, 하느님! 여기 나무에 이게 뭐야?"

"그래!" 레그런드가 매우 기뻐하여 외쳤다. "그게 뭔가?"

"암만 봐도 두개골요. 누가 나무 위에 머리를 놓고 갔어, 까마귀가 살점 다 뜯어먹었어요."

"두개골이라고 했겠다! 아주 좋아! 그게 가지에 어떻게 매달려 있나? 뭐에 묶여있나?"

"확실히 들여다봐야 해여, 쥔님. 이 해개망칙한 꼴이……

두개골 속에 엄청 큰 못 있어요. 나무에 못 박혔어요."

"좋아, 주피터. 이제 내가 말하는 대로 똑같이 해라. 알겠나?"

"예, 쥔님."

"그럼, 정신 바싹 차려라! 두개골의 왼눈을 찾아."

"옛! 후우! 잘 됐다. 윗눈 없어요."

"이런 천하에 멍청한 놈! 너 왼손하고 오른손하고 구분할 줄 아냐?"

"예, 알아요. 다 알아. 내가 장작 패는 손이 왼손이에요."

"그렇지! 네놈은 왼손잡이니까. 내가 말한 왼눈은 왼손 쪽에 있는 눈이다. 이제 두개골의 왼눈을 찾을 수 있겠지? 아니면 왼눈이 있었던 자리를 찾아! 찾았나?"

이 대목에서 한참 침묵이 흘렀다. 이윽고 흑인이 물었다.

"두개골의 왼눈도 두개골의 왼손 쪽에 있어요? 두개골에 손이 한 개도 없어서…… 아하, 괜찮아요! 지금 찾았어요. 여기 왼눈! 인제 뭐해요?"

"거기로 딱정벌레를 집어넣어, 끈이 자라는 데까지. 놓치면 안 되니까 조심해라."

"다 했어요, 윌 쥔님. 구멍으로 벌레 집어넣는 거 아주 쉬워요. 그 아래에서 쳐다봐요!"

이 대화가 진행되는 내내 주피터의 모습은 조금도 보이지 않았다. 그러나 이제 그가 내려뜨린 끈의 끝에 매달린 딱정벌레가 보였다. 우리가 서있는 언덕을 아직 희미하게 비추며 저무는 태양의 마지막 빛을 받아 윤을 낸 금공처럼 반짝이는 딱정벌레. 그 풍뎅이는 나뭇가지들에서 충분히 떨어진 허공에 매달려 있어서 끈을 놓는다면 우리의 발 앞에 떨어질 것이었다. 레그런드는 즉시 낫을 들어 주위를 둥글게 정리하여 딱정벌레 바로 아래에 지름 3미터 정도의 공터를 만들었고, 그 일을 마치자마자 주피터에게 끈을 놓고 내려오라고 명령했다.

나의 친구는 딱정벌레가 떨어진 지점을 정확히 짚어 정말 정밀하게 말뚝을 박더니 주머니에서 줄자를 꺼냈다. 한끝을 말뚝에 가장 가까운 나무밑동에 고정하고서 말뚝에 닿을 때까지 줄자를 풀었고, 거기에서부터 나무와 말뚝을 이은 직선 방향으로 15미터 더 풀었다. 그러는 사이에 주피터는 낫으로 덤불을 제거했다. 그렇게 확보한 지점에 두 번째 말뚝이 박혔고, 그 말뚝을 중심으로 지름 1미터 정도의 엉성한 원이 그려졌다. 이제 삽을 든 레그런드는 주피터와 나에게도 삽을 건네면서 최대한 신속하게 땅을 파라고 부탁했다.

솔직히 말해서, 그런 놀이를 즐겨본 적이 한 번도 없었던 나는 그 순간 부탁을 거절하고픈 마음이 굴뚝같았다. 밤이 오고 있었고, 그때까지의 활동만으로도 많이 피곤했다. 그러나 핑계거리를 찾을 수 없었고, 내 가련한 친구가 거절을 당하여 평정심을 잃을 것이 염려되었다. 정말이지 주피터의 도움에 기댈 수 있었다면 주저 없이 그 미치광이를 강제로 집으로 데려오려 했을 것이다. 하지만 나는 그 늙은 흑인의 성품을 너무나 잘 알고 있었다. 그가 주인의 뜻을 거스르는 나를 도울 리가 없었다. 그 주인은 매장된 돈에 관한 남부의 무수한 미신들 가운데 어떤 것에 홀렸고, 그 풍뎅이의 발견을 빌미로, 혹은 어쩌면 그 벌레가 "진짜 금으로 된 벌레"라는 주피터의 고집스런 주장을 빌미로 환상을 더욱 키웠다고 나는 확신했다. 미칠 성향을 지닌 정신은 쉽게 그런 암시들에 이끌려 길을 잃을 법했다. 특히 그 암시들이 원래부터 좋아하던 생각들과 멋진 조화를 이룬다면 더욱 그럴 만했다. 또 나는 그 딱정벌레가 "황금을 일러준다"라는 내 가련한 친구의 말을 떠올렸다. 나는 전반적으로 슬펐고 화가 났고 혼란스러웠지만 결국 기왕에 할 일 기꺼이 하기로 마음먹었다. 좋은 마음으로 땅을 파서 그 몽상가가 품은 생각이 틀렸다는 사실이 더 빨리 명백해지도록 만들기로 말이다.

등에 불이 밝혀졌고, 우리 모두는 더 합리적인 이유에나 어울릴 만한 열정으로 작업에 몰입했다. 우리의 몸과 연장 위에 불빛이 드리웠을 때 나는 우리가 얼마나 이목을 끄는 집단인지, 우연히 이곳을 지나치는 사람이라면 누구에게나 우리의 노동이 얼마나 괴상하고 수상하게 보일지 생각하지 않을 수 없었다.

우리는 두 시간 동안 정말 꾸준히 땅을 팠다. 말은 거의 없었다. 우리를 가장 많이 방해한 것은 개가 짖는 소리였다. 녀석은 우리의 작업에 남다른 관심을 보였고, 결국 심하게 호들갑을 떨었다. 녀석 때문에 인근의 떠돌이들이 몰려들지 않을까 걱정스러울 정도로. 아니, 그건 레그런드의 걱정이었고, 나는 이 가련한 떠돌이를 집으로 데려갈 수 있게 해줄 누군가의 개입을 바라마지 않았다. 결국 주피터가 소음을 매우 효과적으로 잠재웠다. 심사숙고한 뒤에 결심한 듯한 표정으로 구덩이에서 나와 그 짐승의 주둥이를 멜빵으로 묶더니 엄숙한 미소로 작업에 복귀했다.

꼬박 두 시간이 지났을 때 우리는 1.5미터 깊이에 도달했지만 아직 보물이 나올 조짐은 없었다. 다들 쉬기 시작했고, 나는 이 우스꽝스런 짓이 끝나기를 바라기 시작했다. 반면에 레그런드는 몹시 당황한 기색이 역력한데도 신중하게 이마를 훔치고 다시 작업에 착수했다. 그때까지 우리는 지름 1미터의 원 전체를 파냈고, 이제는 범위를 약간 더 넓혀서 60센티미터를 더 파내려갔다. 여전히 아무것도 나타나지 않았다. 내가 진심으로 가엾게 여긴 그 채금(採金)꾼은 결국 구석구석 참담한 절망이 새겨진 표정으로 구덩이에서 기어 올라와, 일을 시작할 때 벗었던 외투를 천천히 마지못해 걸쳤다. 그러는 동안에 나는 아무 말도 하지 않았다. 주인의 신호를 알아챈 주피터는 연장들을 간추리기 시작했다. 그 일이 끝나고 개의 주둥이가 해방되자, 우리는 깊고도 깊은 침묵 속에서 집을 향해 출발했다.

아마 열 걸음 쯤 걸었을 때였다. 레그런드가 요란하게 욕설을 하며 주피터에게 성큼 다가가 그의 멱살을 움켜잡았다. 깜짝 놀란 흑인은 눈을 휘둥그레 뜨고 입을 최대로 벌리면서 들고 있던 삽들을 떨어뜨리고 무릎을 꿇었다.

"이 악마 같은 놈." 레그런드가 말했다. 악문 이빨 사이로 그의 목소리가 스산하게 새어나왔다. "이 악독한 깜둥이 새끼야! 말해! 오냐, 내가 말하마! 얼버무리지 말고 당장 대답해! 네놈의 왼눈이 어떤 거냐?"

"아이구, 월 쥔님. 여기 이거 확실히 제 왼눈요?" 겁에 질린 주피터가 손을 제 오른쪽 시각기관으로 가져가며 외쳤다. 그의 주인이 곧 빼버릴 것을 염려하기라도 하듯 필사적으로 그 기관을 감싸면서.

"그럴 줄 알았어! 암 그렇고 말고! 얼씨구 조오타!" 하고 외친 레그런드가 흑인을 놓아주고 몇 번의 도약과 회전을 연거푸 실시했고, 몹시 놀란 그의 하인은 무릎을 펴고 일어나 말없이 주인과 나를 번갈아 바라보았다.

"자아, 친구들! 돌아가세." 레그런드가 말했다. "게임은 아직 끝나지 않았어." 그리고 그는 다시 튤립나무를 향해 앞장을 섰다.

"주피터!" 우리가 그 나무의 밑동에 도착하자 그가 말했다. "이리 와! 두개골의 얼굴이 바깥쪽으로 있었나, 아니면 나뭇가지 쪽으로 있었나?"

"바깥쪽요, 주인님. 까마귀가 눈알을 쉽게 잘 먹을 수 있게요."

"음, 그럼 네가 딱정벌레를 집어넣은 눈이 이 눈이냐, 아니면 이 눈이냐?" 하고 물으면서 레그런드는 주피터의 양눈을 차례로 건드렸다.

"이 눈요, 주인님. 말씀하신 대로 왼눈." 하면서 그 흑인은 제 오른눈을 가리켰다.

"됐어, 충분해. 친구들, 다시 해보세."

이 대목에서 나의 친구는 주도면밀한 모습을 보여주었다. 나는 그가 미쳤다는 것을 이미 확인했는데도 말이다. 아니 어쩌면 확인했다고 상상했을 뿐인 것도 같았다. 그는 딱정벌레가 떨어진 자리를 표시한 말뚝을 약 8센티미터 서쪽으로 옮기고 아까처럼 밑동에서 말뚝에 가장 가까운 지점부터 말뚝까지 줄자를 늘이고 그 방향 그대로 15미터 더 늘였다. 그리하여 우리가 파내려간 자리에서 몇 미터 떨어진 새로운 지점이 정해졌다.

이제 새로운 지점 둘레에 아까보다 약간 더 큰 원이 그려졌고, 우리는 다시 삽을 들고 작업에 착수했다. 나는 죽도록 피곤했지만, 무슨 이유로 내 생각이 바뀌었는지 거의 이해할 수 없었지만, 부과된 노동에 대한 반감이 이젠 그다지 일지 않았다. 정말 영문 모를 일이었지만, 나는 흥미를 느꼈다. 심지어 흥분을 느꼈다. 레그런드의 엉뚱한 짓거리 속에 무언가 있는 것 같았다. 심오한 생각과 깨달음의 분위기를 풍기는 무언가. 그 무언가가 나를 감동시켰다. 나는 열심히 팠고, 나 자신이 말하자면 예감과 아주 비슷한 감정으로 상상 속의 황금을 정말로 바라고 있다는 것을 이따금씩 알아챘다. 나의 불운한 친구를 돌게 만든 그 상상 속의 황금을. 그런 엉뚱한 생각이 나를 완전히 사로잡았을 때, 그러니까 우리가 아마 한 시간 반 동안 작업을 진행했을 때, 또 다시 개가 몹시 짖어 우리를 방해했다. 아까 처음에 짖었을 때 녀석은 불안한 기색이 역력했다. 반면에 지금은 장난인지 변덕인지 진지하고 구슬프게 짖어댔다. 주피터가 다시 주둥이를 묶으려 하자 녀석은 격렬하게 반항하면서 구덩이 속으로 뛰어들어 미친 듯이 흙더미를 파헤쳤다. 순식간에 한 무더기의 사람 뼈가 모습을 드러냈다. 그것들은 썩은 모직의 잔해처럼 보이는 먼지와 여러 개의 금속제 단추들과 뒤섞여 있었으며 온전한 두 사람의 골격이었다. 삽질을 두 세 번 하자 커다란 스페인 칼이 나왔고, 더 깊이 파헤치자 여기저기 흩어진 금화와 은화 서너 개가 드러났다.

금화와 은화를 본 주피터는 기쁨을 억누르지 못했지만, 그의 주인의 안색은 극심한 실망의 빛을 띠었다. 그러나 그는 작업을 계속하라고 재촉했고, 거의 말없이 작업이 진행되었으며, 그러다가 나는 흙 속에 반쯤 묻힌 커다란 철제 고리에 장화의 앞 축이 걸리는 바람에 휘청거리다가 고꾸라졌다.

이제 우리는 진정으로 작업에 몰두했다. 나는 그보다 더 흥분되는 10분을 경험한 적이 없다. 그 10분 동안에 우리는 나무상자 하나를 완전히 캐냈는데, 완벽하게 보존되고 놀랍도록 단단한 것으로 보아 그 상자는 어떤 광물화 과정을 겪은 것이 분명했다. 아마 염화수은화 과정을 겪은 듯했다. 상자의 길이는 1미터, 폭은 90센티미터, 높이는 80센티미터였다. 연철로 만든 띠들을 두르고 리벳을 박아 전체를 격자 구조물로 얼기설기 감싸서 확실히 밀봉한 상자였다. 상자의 옆면 각각의 꼭대기 근처에 철제 고리 3개 — 전부 합쳐 6개 — 가 달려서 여섯 사람이 확실히 붙잡을 수 있게 되어 있었다. 우리가 일치단결하여 젖 먹던 힘까지 짜내보았지만, 상자는 겨우 약간만 꿈틀했다. 우리는 그 엄청난 무게를 움직이기는 불가능하다는 것을 즉시 알아챘다. 운 좋게도, 단 하나 뿐인 뚜껑 잠금장치가 두 개의 빗장으로 이루어져 있었다. 우리는 그것들을 뽑았다. 욕망으로 몸서리치고 헐떡거리면서. 다음 순간, 값을 매길 수 없을 정도의 보물이 우리 앞에서 광채를 뿜었다. 등불이 구덩이 안으로 드리운 가운데 광채와 광휘가 위로 솟구쳤다. 어지럽게 널린 황금과 보석의 더미에서 솟는 빛살들이 우리의 눈을 어지럽혔다.

그 광경을 보며 내가 느낀 감정을 서술한다는 것은 오만한 시도일 것이다. 물론 가장 큰 감정은 놀람이었다. 레그런드는 흥분에 압도된 듯 거의 말이 없었다. 주피터의 안색은 몇 분 동안 정말이지 죽음을 앞둔 환자 같았다. 그는 실성한 것 같았다. 벼락 맞은 흑인 같았다. 이제 그는 구덩이 안에서 무릎을 꿇고 벌거벗은 두 팔을 팔꿈치까지 황금 속에 파묻었다. 호화로운 목욕을 즐기는 듯이. 마침내 그가 깊은 한숨과 함께 독백하듯 내뱉었다.

"이 모든 게 황금벌레 덕분야! 고 예쁜 황금벌레! 고 가련하고 작은 황금벌레. 내가 그런 막말을 하다니! 너 부끄럽지 않냐, 이 깜둥아? 대답해 봐!"

결국 내가 주인과 하인 모두를 일깨워 보물을 옮길 방법을 궁리하게 해야 했다. 시간이 지체되고 있었고, 해 뜨기 전에 모든 것을 집으로 옮기려면 서두르지 않을 수 없었다. 그러나 무엇을 해야 할지 단언할 수 없었고, 궁리하는 데 많은 시간이 걸렸다. 우리 모두 몹시 당황한 상태였던 것이다. 결국 우리는 내용물의 3분의 2를 꺼내어 무게를 줄인 상자를 구덩이 밖으로 간신히 끌어올렸다. 꺼낸 물건들은 관목 숲에 내려놓고 개를 시켜 지키게 했다. 우리가 돌아올 때까지 어떤 핑계로도 그 자리를 뜨거나 주둥이를 열지 말라고 주피터가 개에게 준엄하게 명령했다. 그러고 나서 우리는 상자를 들고 서둘러 집으로 출발했다. 우리는 오두막에 무사히 도착했지만 엄청나게 지쳐 버렸다. 때는 밤 한 시였다. 지칠 대로 지친 우리가 곧바로 뭘 더 한다는 것은 비인간적이었다. 우리는 두 시까지 쉬면서 저녁을 먹었고, 요행히 오두막에 있던 듬직한 자루 세 개를 지니고서 곧장 산으로 출발했다. 우리는 네 시 직전에 구덩이에 도착하여 나머지 노획물을 최대한 공평하게 나누고 구덩이를 메운 후에 다시 오두막으로 출발했고, 새벽의 희미한 햇살이 동쪽의 나무 꼭대기 위로 처음 가물거리기 시작할 때 두 번째로 우리의 황금 짐 보따리들을 오두막에 내려놓았다.

이제 우리는 완전히 기진맥진했지만, 그때의 강렬한 흥분은 우리의 휴식을 허락하지 않았다. 우리는 자는 둥 마는 둥 서너 시간을 보내고 나서 마치 약속이라도 한 듯이 일어나 보물을 살펴보았다.

상자는 가득 차있었고, 우리는 그날의 낮 전체와 밤의 대부분을 상자의 내용물을 꼼꼼히 조사하며 보냈다. 질서나 배열이랄 만한 것은 없었다. 모든 것이 아무렇게나 쌓여 있었다. 모든 것을 면밀히 분류하고 보니 우리가 가진 것이 처음에 생각한 것보다 더 많았다. 주화로 말하자면, 45만 달러를 훌쩍 넘는 금액이 있었다. 이는 주화들의 가치를 당대의 환산표를 보면서 최대한 정확하게 추정한 값이다. 은화는 한 개도 없었다. 전부 오래된 금화였고 매우 다양했다. 프랑스, 스페인, 독일의 주화, 영국의 금화 몇 개, 우리가 본 적이 없는 주화도 몇 개 있었다. 아주 크고 무거운 주화도 여럿 있었는데, 그것들은 심하게 마모되어 원래의 문양을 알아볼 수 없었다. 미국 돈은 전혀 없었다. 보석들의 가치를 추정하기는 더 어려웠다. 다이아몬드가 — 어떤 것들은 대단히 크고 질이 좋았다 — 총 110개였는데, 작은 놈은 하나도 없었다. 범상치 않게 반짝이는 루비가 18개, 한결같이 매우 아름다운 에메랄드 310개, 사파이어 21개, 오팔 한 개. 모든 보석은 붙어있던 장신구에서 떼어 낱알로 상자에 던져 넣은 것들이었다. 우리는 다른 황금들 사이에서 그 장신구들도 찾아냈는데, 그것들은 알아볼 수 없게 만들려고 망치로 뭉개놓은 것 같았다. 이 밖에 순금 장신구도 풍부했다. 묵직한 반지와 귀걸이가 거의 200개, 튼실한 목걸이가 내가 기억하기로 30개, 매우 크고 무거운 십자가가 83개, 값비싼 황금 흔들 향로가 다섯 개, 무성한 포도나무 잎들과 바쿠스의 형상으로 장식된 거대한 황금 사발, 정교하게 압인(壓印) 가공된 칼 손잡이 두 개, 그리고 내가 기억하지 못하는 많은 자잘한 물건들. 이 보물들의 무게는 무려 160킬로그

램이 넘었다. 게다가 방금 나는 최고급 황금 시계 197개를 언급하지 않았다. 그중 세 개는 각각 500달러는 나가는 놈이었다. 최소한 말이다. 많은 시계들은 아주 낡아 기계장치가 다소 녹슬었기 때문에 시간을 아는 데는 소용이 없었다. 하지만 전부 다 보석이 풍부하게 박혔고 고가의 케이스에 들어있었다. 우리는 그날 밤 상자의 내용물 전체의 가치를 150만 달러로 추정했다. 그 다음에 자잘한 장신구들과 보석들을 (몇 개는 우리 자신이 쓰려고 따로 챙겼다) 처리하면서 보니 보물의 가치를 심하게 낮춰 잡았다는 것을 알 수 있었다. 우리가 조사를 끝내고 당시의 강렬한 흥분이 어느 정도 잦아들었을 때, 내가 이 기이하고도 기이한 수수께끼의 해답을 알고 싶어 죽을 지경이라는 것을 눈치 챈 레그런드가 모든 사정을 상세히 털어놓기 시작했다.

"자네도 기억하지?" 그가 말했다. "내가 자네에게 풍뎅이를 대충 그린 그림을 건넸던 그 밤 말일세. 내 그림이 시체의 머리와 닮았다는 자네의 주장에 내가 몹시 화를 낸 것도 기억할 테고. 자네가 처음 그렇게 지적했을 때 난 농담인 줄 알았어. 한데 나중에 그 곤충의 등에 있는 이상한 점들을 떠올리고서 자네의 지적에도 약간 근거가 있다고 인정했네. 하지만 그래도 나의 그림솜씨를 비웃는 것엔 화가 났지. 난 훌륭한 화가로 인정을 받는 몸이거든. 그래서 자네가 그 양피지 조각을 건넸을 때, 그냥 확 구겨서 불속에 내던지려 했지."

"그러니까 그 종잇조각 말이지?" 내가 말했다.

"아니야. 겉보기엔 종이와 비슷하고, 나도 처음엔 종이라고 생각했네. 하지만 그림을 그리면서 곧바로 아주 얇은 양피지라는 것을 알았네. 자네도 기억하듯이 정말 더러운 양피지였지. 아무튼, 그 양피지를 구겨버리려는 찰나 내 눈에 자네가 본 그림이 들어오더군. 그런데 정말로 시체의 머리 그림인 거야. 내가 얼마나 놀랐을지 상상이 가나. 내가 딱정벌레 그림을 그린 바로 그 자리인 것 같더라고. 잠깐 멍했지. 난 내가 그린 그림이 그 그림과 전혀 다르다는 것을 알고 있었네. 물론 대충의 윤곽은 어느 정도 비슷했지만 말이야. 이윽고 나는 촛불을 집어 들고 다른 쪽 구석으로 옮겨 앉아 그 양피지를 더 꼼꼼히 살펴보기 시작했어. 양피지를 뒤집었지. 내가 그린 그림이 뒷면에 그대로 있더군. 순간, 윤곽이 정말 놀랍도록 비슷하다는 생각밖에 안 들었어. 내가 그린 풍뎅이 바로 아래 뒷면에 두개골이 있었다는 사실, 그 두개골이 윤곽뿐 아니라 크기까지 나의 그림과 매우 비슷하다는 사실, 이 특이한 우연의 일치! 친구여, 고백하노니 이 특이한 우연의 일치가 한동안 나를 완전히 실성하게 만들었다네. 그건 그런 우연의 일치가 통상적으로 일으키는 결과일세. 정신은 연결을, 원인과 결과의 사슬을 확보하려 애쓰고 그럴 수 없으면 일종의 일시적인 마비를 겪는 법이라네. 그러나 그 멍한 상태에서 회복한 후에 나는 차츰 어떤 확신에 도달했지. 그 확신은 방금 말한 우연의 일치보다 훨씬 더 놀라웠다네. 나는 내가 풍뎅이 그림을 그릴 때 그 양피지에 아무 그림도 없었다는 것을 또렷이, 확실히 기억해내기 시작했네. 완벽한 확신에 도달했어. 내가 가장 깨끗한 자리를 찾느라고 이리저리 뒤집었던 일이 떠올랐거든. 두개골이 그때 거기에 있었다면, 내가 못 봤을 리가 없지. 바로 이 점이 나로서는 설명할 길이 없다고 느낀 수수께끼였네. 그러나 그 이른 시기에도 내 머리 속의 가장 외지고 비밀스런 곳에서 희미하게 진실의 섬광이 번득이는 것 같더군. 어젯밤의 모험을 통해 이렇게 찬란하게 드러난 진실 말일세. 아무튼 그때 난 즉시 일어나 양피지를 안전한 곳에 두고 혼자 남을 때까지 아무 생각도 안 하기로 했지.

"자네가 떠나고 주피터가 거의 잠들었을 때, 나는 정신을 집중해서 더 체계적으로 사태를 되짚어보았네. 먼저 그 양피지가 내 손에 들어오게 된 과정을 되새겼지. 우리가 그 풍뎅이를 발견한 지점은 육지의 해안이었어, 섬에서 동쪽으로 1.5킬로미터 정도 떨어졌고 밀물 때의 해수면보다 약간 높은 자리. 내가 녀석을 잡으니까 앙칼지게 물더군. 그래서 떨어뜨렸어. 조심성이 몸에 밴 주피터는 자기 쪽으로 날아온 그 곤충을 잡기 전에 주위를 둘러보면서 쓸 만한 나뭇잎이나 뭐 그런 둘러쌀 것을 찾더군. 바로 그때였어. 그 양피지가 주피터와 나의 눈에 띄었지. 난 종이인 줄 알았어. 모래에 반쯤 파묻혀 한 귀퉁이가 위로 솟아있더군. 그런데 나는 그 근처에서 비상용 보트였던 것처럼 보이는 잔해를 목격했었네. 아주 오래전부터 있었던 것처럼 보이는 잔해였어. 그 보트의 목재와 비슷한 것은 거의 본적이 없거든.

"어쨌거나 주피터가 그 양피지로 딱정벌레를 감싸 잡아서 내게 건넸네. 얼마 후에 우리는 집으로 향했고 도중에 G 중위를 만났어. 내가 딱정벌레를 보여주니까 요새로 가져가게 해달라고 애걸하더군. 내가 승낙하자 그는 즉시 딱정벌레를 조끼주머니에 찔러 넣었어. 그가 벌레를 들여다보는 동안 내가 계속 들고 있던 양피지는 놔두고 말이야. 아마 내가 마음을 바꾸기 전에 확실히 챙기는 게 최선이라고 생각했던 게지. 그가 자연사와 관련된 모든 것에 얼마나 열정을 쏟는지 자네도 알걸세. 그리고 그 와중에 난 별 생각 없이 그 양피지를 내 주머니에 넣었던 것이 분명하네.

"내가 딱정벌레를 그리려고 탁자로 갔던 거 자네도 기억나지? 탁자에 늘 있던 종이가 안 보이더라고. 서랍 속을 봐도 없어. 옛 편지라도 있을까 해서 주머니를 뒤지는데, 바로 그 양피지가 손에 걸렸다네. 여기까지가 그 양피지가 내 손에 들어오기까지의 상세한 과정일세. 나에게는 아주 특별하게 느껴지는 과정이지.

"물론 자네는 내가 공상에 빠졌다고 생각할 거야. 하지만 나는 일찌감치 일종의 연결을 확보했다네. 거대한 사슬의 두 고리를 이었지. 해안에 보트가 있었어. 그 근처에 양피지, 종이가 아니고 양피지야, 두개골이 그려진 양피지가 있었고. 물론 자네는 '무슨 연결이 있는데?' 하고 묻겠지. 잘 듣게. 주지하다시피 두개골 혹은 시체의 머리는 해적의 상징일세. 해적들은 일을 벌일 때 항상 두개골 깃발을 높이 올리지.

"내가 종이가 아니라 양피지라고 했지. 양피지는 오래 가, 거의 불멸해. 별로 중요하지 않은 것이 양피지에 기록되는 일은 거의 없어. 평범한 그림이나 글에는 종이가 더 나으니까. 이런 생각을 하다 보니 시체의 머리에 어떤 의미, 어떤 관련성이 있다는 느낌이 들었네. 게다가 난 양피지의 모양도 눈여겨보았네. 한 귀퉁이가 뜯겨져 나갔지만 원래의 모양은 직사각형이라는 것을 알아볼 수 있었지. 틀림없이 쪽지야. 오래 기억하고 잘 보존할 무언가를 기록할 때 쓸 법한 쪽지."

"하지만" 내가 끼어들었다. "자네가 딱정벌레 그림을 그릴 때는 양피지에 두개골이 없었다고 했잖은가. 그렇다면 그 보트와 두개골이 어떻게 연결되나? 자네 스스로 인정했듯이, 그 두개골은 자네가 풍뎅이를 그린 다음에 (누가 어째서 그렸는지는 몰라도) 그려진 것이 분명하지 않느냔 말일세."

"아하, 바로 그 문제가 수수께끼 전체의 핵심일세. 물론 나는 비교적 쉽게 풀었지만 말이야. 나의 추론은 확실했고, 결론은 한 가지일 수밖에 없었어. 나는 이를테면 이렇게 추론했네. 내가 풍뎅이를 그릴 때 양피지에 두개골은 보이지 않았다. 나는 그림을 완성해서 자네에게 주었고 자네가 되돌려줄 때까지 자네를 면밀하게 관찰했다. 따라서 자네는 두개골을 그리지 않았고, 그 자리에는 그것을 그릴 만한 다른 사람도 없었다. 그렇다면 두개골 그림은 인간에 의해 그려지지 않았다. 그런데도 그 그림은 그려졌다.

"이 대목에서 나는 그 짧은 시간에 일어난 모든 사건을 낱낱이 또렷하게 기억해내려고 애썼네. 날씨가 싸늘했고 (참으로 드물게 유쾌한 날씨였어!) 벽난로에 불이 타오르고 있었어. 나는 몸을 움직인 뒤끝이라 더워서 탁자 곁에 앉았어. 반면에 자네는 의자를 굴뚝 가까이 끌어당겼고. 내가 자네의 손에 양피지를 건네 놓고 자네가 그것을 들여다보려는 순간, 울프, 그 뉴펀들랜드 개가 들어와 자네의 어깨 위로 뛰어올랐어. 자네는 왼손으로 녀석을 쓰다듬으며 밀쳐냈고, 양피지를 쥔 오른손은 무심결에 무릎 사이로 내렸어. 불에 닿을 듯한 위치로. 순간 나는 불이 붙겠다는 생각에 주의를 주려 했는데, 말하기도 전에 자네가 양피지를 뒤로 빼서 들여다보기 시작했지. 나는 이 세세한 일들을 빠짐없이 검토했고, 내가 양피지에서 본 두개골 그림이 나타나게 만든 놈은 열이라는 확신에 도달했네. 종이나 양피지에 글씨를 쓰고 불을 갖다 대야만 그 글씨가 보이게 만들려고 할 때 사용하는 혼합 물감이 있지 않은가. 까마득한 옛날에도 있었다는 것을 자네도 잘 알 걸세. 녹은 코발트를 왕수에 녹여 만든 액체를 네 배 무게의 물로 희석한 것도 가끔 쓰이지. 그렇게 하면 녹색 물감이 만들어지네. 코발트의 불순물을 정제된 질산에 녹이면 붉은 물감이 되고. 이 물감으로 차가운 표면에 글씨를 쓰면 얼마 후에 색깔이 사라져. 하지만 열을 가하면 다시 나타나지.

"이제 나는 시체의 머리를 꼼꼼히 살펴보았네. 바깥 경계선, 그러니까 양피지 가장자리에 가장 근접한 경계선은 다른 경계선들보다 훨씬 더 또렸했어. 열의 작용이 불완전했거나 불균등했던 것이 분명했지. 나는 즉시 촛불을 켰고, 양피지의 모든 부분을 타오르는 열기에 갖다 댔어. 처음엔 두개골의 희미한 선들이 진해지기만 했어. 하지만, 끈기 있게 실험을 하니까 쪽지의 귀퉁이에, 그러니까 시체의 머리가 그려진 부분에서 대각선으로 건너편에 있는 귀퉁이에 또 다른 그림이 나타나는 거야. 처음에 보니 염소 그림 같더라고. 더 자세히 보니까 새끼염소(Kid) 그림이라는 걸 알겠더군."

"하! 하! 하!" 내가 말했다. "내가 자네를 비웃을 자격은 정말 없어. 어떻게 이 심각한 150만 달러 앞에서 웃음이 나오겠

나. 하지만 자네 혹시 사슬의 세 번째 고리를 운운할 셈은 아니겠지? 자네가 말한 해적과 염소 사이에 별다른 연결이 있을까? 알다시피 해적은 염소하고 관계가 없잖아. 염소는 농장에 어울려."

"난 방금 염소 그림이라고 하지 않았네."

"어 그런가, 그래, 새끼염소. 그게 그거잖아."

"비슷하지만 똑같지 않아." 레그런드가 말했다. "어쩌면 자네도 새끼염소(Kidd) 선장의 전설을 들어봤을 거야. 나는 곧바로 그 동물 그림이 장난이거나 아니면 상형문자로 된 서명이라는 것을 간파했네. 서명 말일세. 그 그림이 놓인 위치를 보니 서명이라는 생각이 들었어. 그러고 보니 대각선으로 반대편에 놓인 시체의 머리는 도장 같더군. 하지만 그 두 그림뿐이니 완전히 난감하더라고. 내가 상상한 본문이 없는 거야. 내가 짠 맥락에 맞는 텍스트가 없다고.

"그러니까 자네는 도장과 서명 사이에 글이 있을 거라고 기대했군."

"뭐 그런 식이었지. 정확히 말해서 무언가 엄청난 행운이 임박했다는 예감을 거부할 수 없었어. 왜 그랬는지 설명할 길은 거의 없네. 따지고 보면 아마 현실적인 믿음이라기보다 욕망에 가까웠을 거야. 하지만 자네 아나? 주피터의 어리석은 말, 그 벌레가 순금이라는 그 어리석은 말이 나의 상상에 대단한 영향을 미쳤어. 또 그 잇따른 사건들과 우연의 일치들. 그것들은 정말 너무나 비범했지. 그 사건들이 한해의 하고 많은 날들 중에서 단 한 날에 일어났어. 그 날의 날씨는 불을 지필 만큼 싸늘했고. 그 불이 없었다면, 혹은 개가 바로 그 순간에 뛰어들지 않았다면, 나는 그 시체의 머리를 결코 알아채지 못했을 테고 따라서 절대로 보물의 주인이 될 수 없었을 거야. 이 모든 것이 어떻게 우연에 불과하겠나?"

"계속하게. 다음 얘기가 기대 되네."

"흠, 흠. 당연히 자네도 항간에 떠도는 이야기를 많이 들었을 거야. 새끼염소 선장과 그의 부하들이 대서양 해안 어딘가에 묻어둔 돈에 대한 숱한 소문들. 그 소문들은 무언가 사실에 근거를 두었을 것이 분명해. 또 그 소문들이 이토록 오래 끊임없이 회자된다는 점은 내가 보기에 매장된 보물이 지금도 묻혀있다는 것을 의미할 수밖에 없어. 새끼염소가 장물을 당분간 숨겨두었다가 가져갔다면, 그 소문들이 현재의 일관된 형태로 우리에게까지 전해질 리 없잖아. 아마 자네는 돈을 찾아다니는 사람에 관한 이야기는 있어도 돈을 찾은 사람에 관한 이야기는 없다고 지적하고 싶겠지. 만일 해적이 돈을 찾아갔다면, 그걸로 모든 게 마무리되었을 거야. 하지만 내가 보기엔 말이야, 어떤 사고가 일어났던 것 같아. 이를테면 보물의 위치를 적어놓은 쪽지가 없어졌다든지. 그래서 보물을 되찾을 길이 없어진 거지. 그리고 그 사고가 부하들에게 알려졌어. 숨겨진 보물에 대해서 까맣게 모르던 부하들이 열심히 찾아 나섰지만 헛수고였겠지. 무턱대고 찾았을 테니까. 그들이 처음으로 소문을 퍼뜨렸을 거야. 그 소문이 두루 퍼져 지금은 누구나 알게 되었고. 자네, 해안에서 쓸 만한 보물을 캐냈다는 얘기 들어본 적 있나?

"아니, 한 번도 못 들어 봤네."

"한데 다들 알듯이 새끼염소의 재산은 엄청났어. 따라서 나는 당연히 그 재산이 아직 땅속에 있다고 믿었네. 거의 확신에 가까운 희망을 품었지. 그토록 특이하게 발견된 그 양피지에 잊혀진 매장 장소가 적혀있다는 희망. 어때? 당연한 희망이 아닌가?"

"그래서 그 다음엔 어떻게 했나?"

"양피지를 다시 불에 갖다 댔지. 불을 더 지피고서 말이야. 그러나 아무것도 안 나타나더군. 그때 양피지에 때가 끼어서 그럴지도 모른다는 생각이 들었어. 그래서 양피지를 더운 물로 살살 헹군 다음에 양철 프라이팬에 두개골이 아래로 가게 놓고 숯불이 타오르는 난로 위에 놓았지. 몇 분이 지나 프라이팬이 완전히 달궈졌을 때 양피지를 집어 들었어. 그리고 나는 형언할 수 없는 기쁨을 느꼈다네. 여러 곳에 얼룩이 생긴 것을 보았거든. 줄맞춰 적은 철자들처럼 보였어. 나는 양피지를 다시 프라이팬에 놓고 1분 더 달궜지. 그러고 나서 다시 집어 드니 지금 이 모습이었네.”

이 대목에서 레그런드는 다시 달군 양피지를 내 눈앞에 들이댔다. 시체의 머리와 염소 사이에 대충 아래와 같이 붉은 잉크로 쓰인 철자들의 흔적이 눈에 들어왔다.

53‡‡†305))6*;4826)4‡)4‡;806*;48†8¶60))85;]8*:‡*8†83(88)5*†;
46(;88*96*?;8)*‡(;485);5*†2:*‡(;4956*2(5*—4)8¶8*;4069285);)6†8)
4‡‡;1(‡9;48081;8:8‡1;48†85;4)485†528806*81(‡9;48;(88;4(‡?34;4
8)4‡;161;:188;‡?;

“아하 그래, 그렇지만 아무래도” 내가 그에게 쪽지를 돌려주며 말했다. “난 여전히 영문을 모르겠어. 내가 이 수수께끼를 풀어야 골콘다 왕국의 모든 보물을 차지할 수 있다면, 확실히 난 그 보물을 얻을 수 없을 걸세.”

“아니야.” 레그런드가 말했다. “자네가 한 번 얼핏 보고 상상하는 것처럼 어려운 수수께끼가 절대로 아니네. 누구나 짐작하겠지만 이 철자들은 암호야. 다시 말해 뜻을 전달한다는 거지. 그런데 나로서는 말이야, 새끼염소에 대해서 아는 바를 참조해서 추측컨대 그가 무슨 난해한 암호를 구사할 수 있다는 생각이 안 들더라고. 그래서 이게 단순한 암호라고 단박에 판단했지. 하지만 무식한 뱃놈이 생각해낸 암호답게 열쇠가 없으면 절대로 풀 수 없는 그런 암호라고 말일세.

"그래서 자네가 정말로 암호를 풀었나?"

"물론이지. 난 이것보다 만 배 난해한 암호들도 풀었는걸. 주위환경 때문에, 또 어떤 정신적인 성향 때문에 나는 이런 수수께끼에 관심을 기울여왔어. 또 인간의 창의력을 제대로 적용해도 풀 수 없는 그런 수수께끼를 인간의 창의력이 구성할 수 있는지는 심히 회의적이라고 할 수 있을 거야. 실제로 나는 일단 읽을 수 있는 철자열들을 확인한 다음부터는 뜻을 풀어내기가 어려울 거란 생각을 거의 안했어.

"사실 모든 암호가 그렇지만 이 암호에서 가장 먼저 물어야 하는 것은 어떤 언어로 된 암호냐는 것이지. 왜냐하면 해독의 원리가 말이야, 특히 비교적 단순한 암호일 경우에는 어법의 특징에 따라 달라지거든. 일반적으로는 아는 언어를 죄다 (확률을 따지면서) 실험해서 맞는 언어를 찾을 수밖에 없어. 하지만 지금 우리 앞에 놓인 암호에서는 서명 때문에 모든 어려움이 사라져. '새끼염소Kidd'를 이용한 말장난은 영어에서만 가능하거든. 내가 이 생각을 못했으면 스페인어와 프랑스어부터 시도했을 거야. 이런 종류의 암호는 스페인 본토의 해적이 스페인어나 프랑스어로 쓰는 게 제일 자연스러울 테니까 말일세. 아무튼 난 이 암호문이 영어라고 전제했네.

"자네가 보듯이 암호문에 단어 구분이 없네. 구분이 있으면 좀더 해독하기 쉬울 텐데. 만약 구분이 있었다면 나는 우선 짧은 단어들을 비교하고 분석했을 거야. 그러면 한 철자로 된 단어(이를테면 a나 I)가 거의 항상 발견될 테고, 그러면 옳은 풀이라고 확신할 수 있었겠지. 하지만 단어 구분이 없으니, 나의 첫 작업은 가장 많이 나오는 철자와 적게 나오는 철자를 확인하는 것이었네. 철자들을 다 세어봤지. 이렇게.

8이 33개

;가 26개

4가 19개

‡와)가 16개

*가 13개

5가 12개

6이 11개

†와 1이 8개

0이 6개

9와 2가 5개

:와 3이 4개

?가 3개

¶가 2개

]와 —가 1개

"한데 영어에서 제일 자주 나오는 철자는 e야. 그 다음 순서는 a o i d h n r s t u y c f g l m w b k p q x z고. 게다가 e는 압도적으로 자주 나오기 때문에 길이를 막론하고 거의 어느 문장에서나 가장 많은 철자는 e라네.

"자, 이제부터는 그저 추측하는 것 이상의 작업을 위한 토대를 놓는 단계일세. 위의 표를 이용하는 일반적인 방법은 자명하네. 하지만 이 특정한 암호문에서는 그 표를 아주 부분적으로만 이용하게 되지. 우리 암호문에 가장 많이 나오는 철자는 8이니까, 8이 알파벳 e라는 전제를 출발점으로 삼기로 하세. 이 전제를 검증하기 위해서 8이 쌍으로 나오는 일이 잦은지 살펴보세. 영어에서 e는 이를테면 "만나다(meet)", "함대(fleet)", "속도(speed)", "보았다(seen)", "있었다(been)" 따위의 단어에서 흔히 중복되니까 말이야. 이 암호문을 보면 8이 무려 다섯 번 중복돼. 암호문이 짧은데도 불구하고.

"그러니까 8이 e라고 전제하기로 하세. 다음으로 영어의 모든 단어 가운데 가장 많이 쓰이는 것은 '그the'라네. 그러니까 철자 세 개가 똑같은 순서로 반복되면서 마지막이 8인 토막들이 있나 살펴보세. 우리가 그런 토막들을 발견한다면, 그것들은 'the'일 가능성이 아주 높겠지. 잘 보면 그런 토막이 무려 일곱 개나 있어. 정확히 ;48이 일곱 번 나오네. 그렇다면 ;가 t, 4가 h, 8이 e라고 볼 수 있겠지. 8이 e라는 점은 이제 확고해졌고. 이로써 우린 큰 걸음을 내디뎠네.

“비록 단어 하나를 알아냈지만 우리는 엄청나게 중요한 것을 알 수 있게 되었거든. 다른 단어들의 첫 철자와 마지막 철자 여러 개를 알 수 있게 되었다는 말일세. 예컨대 암호문의 마지막에서 두 번째로 ;48이 나오는 부분을 보게. 세 번째 줄에서 거의 끄트머리에 있어. 우리는 처음에 나오는 ;가 단어의 첫 철자라는 것을 알고, 그 'the'에 이어 나오는 철자 6개 중에서 무려 5개를 아네. 그 철자들을 알파벳으로 적어보세. 모르는 철자는 빈칸으로 남기고.

t eeth

“이제 우리는 우선 마지막의 th가 맨 앞의 t로 시작되는 단어의 일부가 아니라고 판단할 수 있네. 빈칸에 어떤 알파벳을 넣어도 th까지 포함한 단어가 안 만들어지거든. 따라서 우리가 주목할 토막은

t ee

가 되고, 방금 전처럼 빈칸에 알파벳들을 넣어보면 유일한 가능성으로 'tree'를 만나게 되네. 이로써 우리는 또 다른 철자

(가 r이라는 것을 알았고, 이어진 두 단어 'the tree'를 얻었네.

"그런데 이 단어들 다음을 살펴보면 또 ;48이 있지 않은가. 그러니까 바로 그 앞에서 무슨 단어가 종결된다는 뜻이지. 요컨대 우리가 주목하는 토막이 이렇다고.

the tree;4(‡?34 the

아는 철자들은 알파벳으로 고치세. 그러면 이렇게 되지.

the tree thr‡?3h the

"이제 모르는 철자들 대신에 빈칸을 넣어보세. 아니, 점을 찍기로 하세.

the tree thr…h the

이러면 즉각 'through'라는 단어가 떠오르지 않나. 이 발견으로 우린 세 개의 철자를 더 알았네. ‡, ?, 3이 각각 o, u, g를 나타낸다는 것을 말이야.

"이제 암호문 전체를 꼼꼼히 보면서 우리가 아는 철자들로 된 토막을 찾아보세. 첫 줄의 끄트머리에 이런 토막이 있을 거야.

83(88, 해독하면 egree.

이건 누가 봐도 'degree'의 끝부분이야. 따라서 우리는 †가 d라는 것을 추가로 알게 되네.

"또 'degree'에서 네 철자 건너뛰면 다음과 같은 토막이 나와.

;46(;88*

"아까처럼 아는 철자들을 알파벳으로 바꾸고 모르는 철자들은 점으로 바꿔볼까? 그러면 이렇게 되요.

th · rtee

금세 'thirteen'이 연상되잖아. 그래서 우린 철자 6과 *가 i와 n이라는 것을 또 알게 되었네.

"이제 암호문의 첫머리를 보자고. 거기에 이런 토막이 있어.

53‡‡†

"아까처럼 해독하면

· good

이 되지. 그렇다면 첫 철자는 확실히 A야. 처음의 두 단어는 'A good'이고.

"이제 혼동하지 않도록 지금까지 발견한 열쇠를 표로 정리해보세. 이런 식으로 말이야.

5는 a
†는 d
8은 e
3은 g
4는 h
6은 i
*는 n
‡는 o
(는 r
;는 t

"자, 우리는 가장 중요한 철자들을 무려 10개나 알아낸 셈이네. 이제 암호해독에 대한 상세한 설명을 더 할 필요는 없겠지. 지금까지의 설명만으로도 자네는 이런 종류의 암호를 쉽게 풀 수 있다는 걸 충분히 확신했을 테고 풀이의 요점도 파악했을 테니까. 하지만 우리 앞에 놓인 암호는 가장 단순한 종류라는 점을 명심하게. 이제 자네에게 양피지에 적힌 암호의 해독문 전체를 보여주는 일만 남은 것 같네. 자, 이것일세."

'비숍의 호스텔 좋은 유리 악마의 자리 21도 13분 북동 그리고 북쪽 중심 가지 동편 일곱 번째 큰 가지 쏴라 시체 머리의 왼눈 직선 나무로부터 탄환을 지나 15미터 밖'

"어어, 그렇군." 내가 말했다. "하지만 수수께끼는 여전히 해결되지 않은 것 같네. '악마의 자리', '시체의 머리', '비숍의 호스텔'을 운운하는 이 이상한 글에서 어떻게 뜻을 짜낼 수 있겠나?"

"솔직히 말해서" 레그런드가 대꾸했다. "얼핏 보면 아직 문제가 심각하긴 해. 나는 우선 암호문을 작성한 자의 의도대로 문장을 자연스럽게 구분하려고 노력했네."

"마침표를 찍으려 했다는 말인가?"

"뭐 그런 식이었지."

"그걸 도대체 어떻게 할 수 있었나?"

"곰곰 생각해보니 암호문의 저자가 해독하기 어렵게 만들려고 의도적으로 단어들을 구분 없이 연달아 배치했다는 생각이 들더군. 그런데 별로 영리하지 않은 사람이 그런 술수를 쓰면 거의 틀림없이 지나치게 쓰기 마련이야. 그러니까 암호문을 적다가 쉼표나 마침표가 필요한 자리가 나오면 거기에서 철자들을 평소보다 더 좁은 간격으로 적는 경향이 있다는 거지. 자네도 이 암호문을 잘 보면 말이야, 그렇게 예외적으로 철자 간격이 좁은 자리 다섯 군데를 쉽게 찾을 수 있을 거야. 난 그것을 단서로 삼아서 암호문을 이렇게 구분했다네."

'비숍의 호스텔에 있는 악마의 자리에서 좋은 유리 — 21도 13분 — 북동쪽에서 북쪽 편 — 동편 일곱 번째 큰 가지의 중심 가지 — 시체의 머리의 왼눈에서 쏴라 — 나무로부터 탄환을 지나 직선으로 15미터 밖으로'

"이렇게 구분해도" 내가 말했다. "나는 영 이해가 안 되는걸."

"나도 이해가 안 됐네." 레그런드가 대꾸했다. "며칠 동안 캄캄했지. 그러면서 혹시 설리번 섬 인근에 '비숍의 호텔'이라는 이름의 건물이 있는지 열심히 조사했네. 당연한 말이지만, '호스텔'이라는 단어는 구식이라 지금은 안 쓰이잖아. 그러니 '호텔'을 찾았던 거지. 하지만 아무 소득이 없어서, 범위를 넓혀 더 체계적으로 조사하기로 마음먹었네. 그런데 어느 날 아침, 불현듯, 그 '비숍Bishop의 호스텔'이 베솝Bessop이라는 오래 된 가문과 무슨 관련이 있을지도 모른다는 생각이 들더라고. 까마득한 옛날에 섬에서 북쪽으로 6킬로미터 떨어진 장원 저택을 소유했던 그 가문 말이야. 그래서 그 농장으로 가서 그곳의 늙은 흑인들에게 묻기 시작했네. 그러다가 마침내 여자흑인 중에서 가장 늙은 축에 끼는 할머니한테서 베숍의 성인지 뭔지 하는 곳에 대해서 들은 적이 있다는 말을 들었지. 그 할머니는 나를 안내할 수 있다고 하더군. 하지만 그곳은 성도 아니고 여관도 아니라 높은 바위산이라면서 말이야.

"난 그녀에게 짭짤한 수고비를 주겠다고 제안했고, 그녀는 약간 망설이다가 나와 함께 거기에 가기로 동의했네. 우리는 별로 어렵지 않게 그곳을 찾았고, 나는 그녀를 보내고 주위를 조사하기 시작했네. 그 '성'은 절벽과 암석이 마구잡이로 모여 있는 곳이었는데, 암석 하나는 높기도 하고 홀로 떨어져 있는 데다가 사람이 만든 듯한 모양이어서 두드러지게 눈에 띄었지. 난 그 암석 꼭대기로 기어 올라갔어. 그러고서 이제 뭘 해야 할지 몰라 난감해졌지.

"내가 부지런히 머리를 굴리는 데, 암석의 동쪽 면에 수평으로 약간 돌출한 암맥이 눈에 띄었지. 내가 서 있는 꼭대기에서 아래로 1미터쯤 되는 위치였어. 암맥이 한 45센티미터 돌출했고 폭은 고작 30센티미터인데다가, 바로 위의 암벽이 움푹 패여 있어서, 전체적인 외관이 등받이가 우묵한 의자하고 대충 비슷하더라고. 왜 우리 조상들이 쓰던 의자 말이야. 나는 암호문에 나온 '악마의 자리'가 바로 그곳이라고 확신했네. 그러자 수수께끼 전체를 푼 느낌이었어.

"'좋은 유리'는 망원경을 뜻할 수밖에 없다는 걸 난 알고 있었네. 뱃사람들은 '유리'라는 말을 다른 의미로 쓰는 일이 거의 없으니까. 이제 망원경을 써야 한다는 것, 그것도 한치의 오차 없이 정확한 위치에서 써야 한다는 것을 단박에 깨달았지. 또 '21도 13분'이라는 문구와 '북동쪽에서 북쪽 편'이라는 문구가 망원경의 방향을 알려준다는 것도 곧바로 확신했네. 이 발견으로 흥분한 나는 서둘러 집에 돌아와 망원경을 챙겨서 다시 그 암석으로 갔어.

"나는 그 암맥으로 내려갔고, 거기에 앉으려면 반드시 어떤 한 가지 자세를 취해야 한다는 것을 알게 되었네. 이 사실은 내가 품은 생각이 옳다는 증거였어. 나는 망원경을 눈에 갖다 댔네. 당연한 말이지만 '21도 13분'은 수평선 위로 올라간 사각(射角)을 뜻하는 표현일 수밖에 없어. 수평 방향은 '북동쪽에서 북쪽 편'이라는 문구가 명확하게 알려주니까 말이야. 이 수평 방향은 휴대용 나침반으로 금세 알아냈지. 그 다음에 망원경을 내가 짐작으로 할 수 있는 한에서 최대한 정밀하게 21도 만큼 올리고 조금씩 위아래로 움직이다가 마침내 저 멀리 다른 나무들 위로 우뚝 솟은 큰 나무의 무성한 가지들 사이에 둥글게 뚫린 틈이나 구멍 같은 것을 목격했다네. 그 틈의 중심에 흰 얼룩이 보였는데, 처음엔 그게 무엇인지 모르겠더군. 망원경의 초점을 맞춰서 다시 봤지. 그랬더니, 인간의 두개골인 거야.

"그걸 발견하니 수수께끼를 다 푼 것처럼 자신감이 솟구치더군. '동편 일곱 번째 큰 가지의 중심 가지'는 당연히 그 나무에 두개골이 놓인 위치일 테고, '시체의 머리의 왼눈에서 쏴라' 역시 매장된 보물을 찾는 맥락에서는 달리 해석할 여지가 없을 테니까 말이야. 나는 저자의 의도가 두개골의 왼눈에서 탄환을 떨어뜨리는 것이고, 직선을 줄기의 가장 가까운 지점에서부터 '탄환'(그러니까 탄환이 떨어진 지점)까지 긋고 거기에서부터 15미터만큼 더 그으라는 말은 정확한 매장지점을 알려준다고 느꼈네. 그 지점 아래에 값진 매장물이 숨겨져 있을 가능성이 적어도 있다고 난 생각했어."

"모든 얘기가" 내가 말했다. "대단히 명료하군, 또 정교하고. 하지만 여전히 단순하고 빤히 보여. 아무튼 자네가 비숍의 호텔을 떠난 다음에는 어떻게 되었나?"

"물론 나는 그 나무의 위치를 꼼꼼히 알아두고서 집으로 돌아왔지. 하지만 내가 '악마의 자리'를 떠나자마자 그 둥근 틈은 시야에서 사라졌네. 나중에 망원경을 써서 아무리 둘러봐도 전혀 보이지 않았지. 내 생각에 이 모든 일의 핵심적인 묘미는 (여러 번 실험해봐서 확신하지만 이건 사실일세) 그 문제의 둥근 구멍이 다른 어떤 장소에서도 보이지 않고 그 암석의 표면에 돌출한 좁은 암맥에서만 보인다는 사실일세.

"나는 '비숍의 호텔'을 탐사할 때 주피터와 함께 있었네. 당연한 말이지만, 그는 지난 몇 주 동안 나의 멍한 행실을 유심히 관찰한 터라 나를 혼자 내버려두지 않으려고 특별히 신경을 썼지. 하지만 그 이튿날 나는 매우 일찍 일어나 그를 따돌리고서 그 나무를 찾으러 산으로 갔네. 많이 고생한 끝에 찾았지. 그러고 나서 밤중에 집에 돌아오니, 세상에 내 하인이 나를 매질하겠다고 나서더라고. 그 다음 일은 자네도 나 못지않게 잘 알거라고 믿네."

"그러니까" 내가 말했다. "첫 발굴 때는 멍청한 주피터가 그 벌레를 두개골의 왼눈이 아니라 오른 눈으로 떨어뜨리는 바람에 자네가 위치를 잘못 알았던 게로군."

"바로 그거야. 그 실수로 '탄환', 그러니까 나무에 가장 가깝게 꽂은 말뚝의 위치에 약 6센티미터의 오차가 발생했던 거지. 보물이 '탄환' 밑에 있었더라면 그 오차가 별 의미가 없었겠지만, 그 위치는 나무에서 가장 가까운 지점과 함께 직선의 방향을 결정하는 한 점에 불과했거든. 당연한 말이지만, 오차가 처음에는 미미해도 직선을 긋다보니 점점 커져서 15미터를 그은 후에 우리가 엉뚱한 지점에 도달했던 거야. 하지만 난 심오한 직감으로 거기 어디엔가 정말로 보물이 묻혀있다고 느꼈지. 아마 우리가 틀린 곳을 파느라 헛수고를 했을 거라고 말이야."

"새끼염소 선장은 해적 깃발에서 단서를 얻어 두개골을 생각해내고 두개골의 눈으로 탄환을 떨어뜨리는 걸 생각해낸 모양이로군. 그자가 이 으스스한 암호문을 통해서 보물을 되찾았다면, 틀림없이 일종의 시적인 일관성을 느꼈을 게야."

"그럴 수도 있겠네. 하지만 난 말일세, 시적인 일관성 못지않게 상식도 이 일과 밀접한 관련이 있다는 생각이 들어. 그 나무 위의 작은 물체가 악마의 자리에서 보이려면 하얀색이어야 하거든. 그런데 온갖 날씨에 시달리면서도 하얀색을 유지하고 심지어 더욱 하얗게 되는 물체는 인간의 두개골밖에 없지."

"하지만 자네의 그 거창한 말투하고 딱정벌레를 흔드는 동작하고…… 정말 괴상했어! 난 자네가 미쳤다고 확신했다고. 그리고 왜 탄환 대신에 딱정벌레를 떨어뜨리라고 고집을 부렸나?"

"글쎄, 솔직히 말해서 내 정신상태에 대한 자네의 노골적인 의심에 약간 화가 났었네. 그래서 말없이 내 방식대로 약간의 절제된 신비화를 통해 자네를 혼내주기로 했지. 그래서 딱정벌레를 흔들었고, 그래서 딱정벌레를 나무에서 떨어뜨렸던 걸세. 그 벌레가 아주 무겁다고 자네가 말했었지. 그 말이 생각나서 딱정벌레를 떨어뜨리기로 한 거고."

"아, 그랬군. 그럼 이제 궁금한 게 딱 하나 남았네. 우리가 구덩이에서 발견한 뼈들은 어떻게 이해해야 할까?"

"그 질문은 자네와 마찬가지로 나도 대답할 수 없네. 하지만 유일하게 그럴 듯한 설명은 이게 아닐까 싶어. 물론 이런 끔찍한 설명을 믿기는 정말 싫지만 말이야. 분명히 새끼염소가…… 정말로 새끼염소가 이 보물을 숨겼다는 전제하에서 하는 얘긴데, 난 그렇다고 확신하고…… 그놈이 보물을 파묻을 때 다른 일꾼들의 도움을 받은 게 틀림없어. 하지만 가장 힘든 일이 끝나고 나자 비밀을 아는 인간을 모두 제거하는 게 좋겠다고 생각했을 테고. 아마 일꾼들이 구덩이 안에서 열심히 일할 때 곡괭이로 두어 번 찍는 것으로 충분했겠지. 아니, 한 열 번 찍었을까나? 뭐, 누군들 알겠나."

검은 고양이

내가 지금 쓰려고 하는 진짜 소박하면서도 진짜 터무니없는 이야기를 믿을 독자가 있으리라고 기대하지 않는다. 믿어달라고 애원하지도 않는다. 나 자신의 감각들조차 자기네가 확보한 증거를 거부하는 마당에 독자의 믿음을 기대한다면 나는 정말 미친놈일 것이다. 난 미친놈이 아니다, 또 정말 확신하노니 꿈을 꾸는 것도 아니다. 아무튼 나는 내일 죽는다. 그래서 오늘 영혼의 짐을 내려놓으려 한다. 나의 일차적인 목적은 그저 집안일일 뿐인 잇따른 사건들을 솔직하고 간결하게, 아무 논평 없이 세상에 알리는 것이다. 그 사건들은 그에 따른 결과들로 나를 겁에 질리게 했고, 지독하게 괴롭혔고, 파괴했다. 하지만 그 일들을 해설하려 하지는 않겠다. 나에게 그 사건들은 거의 공포 그 자체였지만, 많은 이들에게는 바로크 작품보다 덜 무섭게 느껴질 것이다. 아마 언젠가는 어떤 지성이 나타나 나의 환상을 케케묵은 것으로 만들지도 모른다. 나의 지성보다 더 고요하고 더 논리적이고 훨씬 더 침착한 어떤 지성은 내가 두려움에 떨며 상세히 기술하는 일들에서 단지 매우 자연스런 원인과 결과의 평범한 잇따름만을 알아챌 것이다.

어려서부터 나는 기질이 온순하고 상냥하기로 유명했다. 내 심성의 따스함은 나를 또래들의 놀림감으로 만들 정도로 두드러졌다. 나는 동물을 유별나게 좋아했고, 부모님 덕분에 매우 다양한 애완동물에 탐닉했다. 나는 내 시간의 대부분을 애완동물에 쏟았다. 애완동물을 쓰다듬고 먹이를 줄 때만큼 행복한 때는 결코 없었다. 이 특이한 성격은 성장하면서 강화되었고, 어른이 된 나에게 그 성격은 주된 쾌락의 원천 가운데 하나가 되었다. 믿음직하고 영리한 개를 좋아하는 이들에게라면 내가 그렇게 해서 얻은 만족감의 정체나 강도를 설명하기가 거의 어렵지 않다. 짐승의 이타적이고 자기희생적인 사랑에는, 한갓 인간의 쥐꼬리만한 우정과 하늘거리는 충성을 시험할 기회를 자주 가져본 자의 마음을 곧장 파고드는 무언가가 있다.

나는 일찍 결혼했고, 아내의 기질이 나와 다르지 않은 것을 알고 행복했다. 애완동물에 대한 나의 편애를 알아챈 아내는 기회가 날 때마다 가장 마음에 드는 종류의 애완동물들을 들여왔다. 우리는 새, 금붕어, 멋진 개, 토끼, 작은 원숭이, 그리고 고양이를 키웠다.

고양이는 대단히 크고 아름다운 녀석이었다. 온통 까맣고 놀랄 정도로 영리했다. 내심 미신을 적잖이 믿었던 아내는 녀석의 지능을 이야기하면서 자주 고대의 통념을 넌지시 언급했다. 모든 검은고양이는 변장한 마녀라는 통념을 말이다. 아내가 그런 믿음을 진지하게 밝혔던 것은 아니다. 내가 이 얘기를 하는 것은 무슨 대단한 이유 때문이 아니라 그저 지금 우연히 그 일이 떠올랐기 때문이다.

플루토 — 그 고양이의 이름이다 — 는 내가 가장 좋아하는 애완동물이자 놀이친구였다. 나 혼자서 녀석에게 먹이를 주었고, 녀석은 나를 집 안 곳곳으로 따라다녔다. 내가 거리에 나설 때 녀석이 따라오는 것을 막기가 힘들 지경이었다.

우리의 우정은 그런 식으로 여러 해 지속되었고, 그동안 나의 기질과 성품은 — 상습적인 폭음 때문에 — (부끄러움을 무릅쓰고 고백하지만) 나쁜 쪽으로 근본적인 변화를 겪었다. 나는 날마다 더 변덕스러워지고 성급해지고 남들의 감정을 무시하게 되었다. 아내에게 폭언을 했고, 결국 신체적인 폭력을 행사하기까지 했다. 당연히 애완동물들도 내 기질의 변화를 느낄 수밖에 없었다. 나는 녀석들을 방치했을 뿐 아니라 학대했다. 하지만 플루토에게만큼은 충분한 배려로 학대를 자제했다. 토끼나 원숭이, 심지어 개가 우연히 혹은 애정으로 내 앞을 가로막으면 주저 없이 학대하면서도. 그러나 나의 병은 차츰 나를 짓눌렀고 — 술처럼 지독한 병은 없지 않은가! — 결국엔 이제 늙어가느라 약간 까다로워진 플루토조차도 나의 나쁜 기질의 영향을 받기 시작했다.

어느 밤, 자주 들르던 시내의 한 술집에서 많이 취해 집에 돌아온 나는 고양이가 나를 꺼린다고 상상했다. 나는 녀석을 움켜잡았다. 그 순간 나의 폭력에 놀란 녀석은 이빨로 내 손에 가벼운 상처를 냈다. 즉각 악마의 증오가 나를 사로잡았다. 나는 제 정신이 아니었다. 내가 원래 지닌 영혼이 나의 몸에서 달아나고, 악마 같다는 말로도 부족한 증오가 술을 양분 삼아 자라나 온몸 구석구석으로 파고드는 것 같았다. 나는 조끼 주머니에서 주머니칼을 꺼내 칼날을 펼쳤고, 그 가련한 짐승의 모가지를 붙잡고 눈구멍에서 눈알 하나를 신중하게 도려냈다. 그 지독하게 잔인한 행동을 묘사하노라니 나의 얼굴이 붉게 달아오르고 몸이 떨린다.

아침과 함께 이성이 돌아왔을 때 — 내가 간밤의 희뿌연 타락을 잠으로 떨쳐냈을 때 — 나는 내가 저지른 죄에 대하여 공포와 후회가 뒤섞인 감정을 느꼈다. 하지만 그것은 기껏해야 희미하고 미적지근한 느낌이었고, 영혼은 원래 그대로였다. 나는 다시 폭음에 빠져들었고, 머지않아 그 범행에 대한 모든 기억을 술에 빠뜨렸다.

그러는 사이에 고양이는 천천히 회복되었다. 눈알이 빠진 눈구멍은 실로 끔찍한 모습이었지만, 통증은 이제 전혀 없는 것 같았다. 녀석은 평소처럼 집안을 돌아다녔지만, 짐작할 수 있듯이 내가 다가가면 극도의 공포에 휩싸였다. 나에게는 옛날의 마음이 많이 남아있었으므로, 한때 나를 그토록 사랑했던 존재가 이렇게 확실하게 혐오를 드러내는 것이 처음엔 슬펐다. 그러나 그 슬픔은 곧 짜증으로 바뀌었다. 그리고 나의 최종적이며 돌이킬 수 없는 몰락을 알리기라도 하듯, 사악한 정신이 찾아왔다. 철학은 이 정신을 설명하지 못한다. 하지만 나는 내 영혼이 살아있음을 확신하는 것 못지않게 사악함이 인간 마음의 원초적 충동 가운데 하나라고 확신한다. 사악함은 인간의 성격에 방향을 부여하는 근본적인 능력들 또는 감정들 중 하나라고. 자기 자신이 혐오스런 혹은 어리석은 짓을 하는 것을, 그것도 다른 이유 없이 단지 그런 짓을 하지 말아야 한다는 것을 알기 때문에 하는 것을 수백 번 알아채보지 않은 사람이 있는가? 최선의 분별력에도 불구하고 우리는 단지 어떤 것이 법칙이라는 것을 알기 때문에 그것을 위반하려는 성향을 영구히 갖고 있지 않은가? 고백하건대 그 사악한 정신이 나를 최종적인 파멸로 몰아갔다. 그 이해할 수 없는 영혼의 욕망, 제 자신에게 고통을 주려는 욕망, 제 본성에게 폭력을 가하려는 욕망, 오로지 악을 위해 악을 행하려는 욕망이 나를 몰아 그 천진한 짐승에 대한 상해를 계속하고 마침내 완성하도록 이끌었다. 어느 아침 나는 냉정하게 녀석을 목에 올가미를 둘러 나뭇가지에 매달았다. 주체할 수 없이 눈물을 흘리면서, 진심으로 쓰라리게 뉘우치면서 매달았다. 녀석이 나를 사랑했다는 것을 알기 때문에, 녀석이 내게 범죄의 이유를 제공하지 않았다고 느끼기 때문에 매달았다. 그렇게 하면 죄를 짓는 것임을 알기 때문에, 나의 불멸의 영혼을 — 혹시 이런 일이 가능하다면 — 가장 자비롭고 가장 두려운 신의 무한한 자비가 미치는 범위 바깥으로 떨어뜨릴 정도로 극악한 죄라는 것을 알기 때문에 매달았다.

이 잔인한 행동이 이루어진 날 밤, 나는 불의 울음소리에 잠을 깼다. 내 침대의 커튼이 타고 있었다. 집 전체가 불타고 있었다. 아내와 하인과 나는 간신히 화재를 피해 빠져나왔다. 완벽한 파괴였다. 내가 지상에서 이룩한 재산 전체가 불에 삼켜졌고, 그때 이후 나는 절망에 빠져들었다.

나는 사악한 행동과 재앙을 인과적으로 연결하려고 애쓸 정도로 약하지 않다. 나는 단지 사건들의 잇따름을 상세히 묘사할 뿐이고, 또한 개연적인 연결이라 할지라도 불완전하게 내버려두고 싶지 않다. 화재가 일어난 다음 날 나는 폐허가 된 현장에 갔다. 벽들은 하나만 남고 다 무너져 있었다. 남은 벽은 대략 집의 중앙에 있었으며 그리 두껍지 않은 칸막이벽이었는데, 거기에 내 침대의 머리 쪽이 받쳐져 있었다. 그 벽의 회반죽이 불을 상당한 정도로 막아주었다. 나는 최근에 회반죽을 발랐기 때문이라고 생각했다. 그 벽 주위에 군중이 모여 있었다. 많은 이들이 매우 꼼꼼하고 의욕적인 관심으로 그 특별한 벽을 살펴보는 듯했다. "이상하네!" "신기하군!" 따위의 말들이 나의 호기심을 자극했다. 나는 다가갔고 보았다. 마치 흰 표면에 얕게 돋을새김 된 듯한 거대한 고양이. 정말 불가사의할 정도로 정확하게 새겨진 고양이의 목에 밧줄이 둘러져 있었다.

그 요괴를 처음 목격했을 때 — 나로서는 요괴로 여길 수밖에 없었다 — 나는 극도로 놀랐고 두려웠다. 그러나 이윽고 반성이 나를 도왔다. 나는 그 고양이가 집에 인접한 정원에 매달렸던 것을 기억해냈다. 화재경보에 즉시 사람들이 그 정원에 모여들었고, 누군가가 그 동물을 나무에서 떼어내어 열린 창을 통해 내 방으로 던진 것이 분명했다. 아마 나를 깨우려고 그랬을 것이다. 다른 벽들이 무너지면서 내 잔인성의 희생물을 갓 바른 회반죽 속으로 밀어 넣었고, 이어서 회반죽의 석

회와 불꽃과 시체에서 나온 암모니아가 내 눈앞의 부조를 완성한 것이었다.

그렇게 나는 방금 묘사한 놀라운 사실을 나의 이성에게 선뜻 설명했다. 비록 나의 양심에게 설명하기는 꺼림칙했을지 몰라도 말이다. 하지만 그럼에도 나의 상상력은 깊은 인상을 받고 말았다. 몇 달 동안 나는 그 고양이의 환상을 떨쳐버릴 수 없었다. 그리고 그 기간 동안에 나의 정신에 어떤 애매한 감정이 다시 찾아왔다. 뉘우침처럼 보였지만 뉘우침은 아니었던 감정이. 나는 그 동물을 잃은 것을 유감스러워하면서 이제 습관적으로 드나드는 역겨운 술집들 주변을 둘러보며 녀석을 대신할 만한 비슷한 외모의 고양이를 찾기까지 했다.

어느 밤, 모욕적이라는 표현으로도 모자라는 소굴에 반쯤 실성한 채 앉아있던 나의 관심이 불현듯 어떤 검은 물체에 쏠렸다. 진이 들어있었나 럼이 들어있었나 아무튼 그 방 안의 주요 가구인 거대한 통들 중 하나에 가만히 올라앉은 물체였다. 나는 벌써 몇 분째 그 통의 꼭대기를 응시하고 있었기에 그 물체를 더 일찍 알아보지 못했다는 사실이 새삼 놀라웠다. 나는 그 물체에 다가가서 손을 댔다. 검은고양이, 아주 큰 검은고양이, 플루토하고 크기가 똑같으며 하나를 뺀 모든 면에서 비슷한 검은고양이였다. 플루토는 몸의 어디에도 흰 털이 없었던 반면, 이 고양이는 거의 가슴 전체가 큼직하고 경계가 불분명한 흰색 얼룩으로 덮여있었다. 내가 손을 대자 녀석은 즉시 일어나 큰 소리로 가르랑거리면서 내 손에 몸을 비볐다. 나의 관심을 좋아하는 것 같았다. 그렇다면 이 녀석은 내가 찾던 바로 그 존재였다. 나는 즉시 주인에게 고양이를 사겠다고 제안했다. 하지만 그 자는 고양이에 대한 권리를 주장하지 않았다. 그는 고양이를 몰랐다. 본 적도 없는 고양이였다.

나는 쓰다듬기를 계속했고, 내가 집으로 갈 채비를 하자 그 동물은 나를 따를 의향을 확실히 드러냈다. 나는 그렇게 하도록 허락했고 걸어가다가 가끔 몸을 웅크려 녀석을 토닥였다. 녀석은 집에 도착하자마자 길들어 곧바로 내 아내가 가장 좋아하는 동물이 되었다.

다른 한편 나는 머지않아 내 안에서 싫증이 솟구치는 것을 느꼈다. 내가 예상한 바의 정반대였다. 아무튼 — 왜 어째서 그랬는지 모르겠다 — 나에 대한 녀석의 명백한 애정이 오히려 역겹고 짜증스러웠다. 이 역겨움과 짜증은 천천히 앙심과 증오로 격상했다. 나는 녀석을 기피했다. 일종의 수치심이, 그리고 과거에 저지른 잔인한 행동에 대한 기억이 내가 녀석을 물리적으로 학대하는 것을 막았다. 나는 몇 주 동안 녀석을 때리거나 다른 식으로 폭력을 행사하지 않았다. 하지만 점차 — 아주 조금씩 — 이루 말할 수 없는 혐오로 녀석을 바라보게 되었고, 녀석의 역겨운 모습이 나타나면 마치 전염병을

피하듯이 말없이 달아나게 되었다.

나는 그 짐승을 집에 데려온 다음날 아침에 녀석도 플루토처럼 한 눈이 없다는 것을 발견했다. 의심의 여지없이 그 발견은 녀석에 대한 나의 증오를 부추겼다. 하지만 아내는 그래서 녀석을 더욱 사랑했다. 이미 말했지만 아내는 한때 나의 유별난 특징이었으며 내가 누린 매우 단순하고 순수한 수많은 쾌락의 원천이었던 상냥함을 많이 지닌 사람이다.

내가 그 고양이에게 반감을 품을수록, 녀석은 도리어 나를 더욱 편애하는 것 같았다. 녀석은 나를 집요하게 따라다녔다. 얼마나 집요했는지 독자에게 납득시키기는 어려울 것 같다. 녀석은 내가 앉을 때마다 내 의자 밑에 웅크리거나 무릎 위로 뛰어올라 역겨운 애무를 퍼부었다. 내가 걸으려고 일어서면 발 사이로 들어와 나를 거의 쓰러뜨리거나 길고 날카로운 발톱으로 내 옷을 붙들고 가슴으로 기어올랐다. 그럴 때면 녀석을 한 방에 없애버리고 싶은 마음이 굴뚝같았지만 아직은 자제했다. 그것은 과거의 죄에 대한 기억 때문이기도 했지만, 주로 — 솔직히 털어놓겠다 — 그 짐승에 대한 순수한 두려움 때문이었다.

이 두려움은 물리적인 해악에 대한 두려움과 약간 달랐다. 하지만 달리 그 두려움을 정의할 길은 없는 것 같다. 거의 부끄러움을 느끼면서 고백하는데 — 정말이지 중죄인의 감방에 있는 지금도 부끄러움을 느낀다 — 그 동물이 일으킨 공포와 두려움은 너무나 단순한 망상에 의해 강해졌다. 나의 아내는 흰 털로 된 얼룩의 특징을 거듭 강조했다. 내가 언급했던 그 얼룩, 그 낯선 짐승과 내가 죽인 짐승 사이의 유일한 가시적 차이인 그 얼룩 말이다. 독자도 기억하겠지만, 그 얼룩은 원래 큼직하면서도 경계가 매우 불분명했다. 그러나 조금씩 — 거의 눈치 챌 수 없을 정도로 조금씩이어서 나의 이성은 오랫동안 이 변화를 한낱 상상으로 치부하려 애썼다 — 그 얼룩의 윤곽이 분명해졌고 결국 가혹할 정도로 뚜렷해졌다. 어느새 그 얼룩은 내가 입에 담기에도 몸서리가 나는 형상이었다. 그래서, 무엇보다도 그랬기 때문에 나는 그 괴물이 싫었고 두려웠다. 용기만 있었다면 그 괴물에게서 벗어났을 것이다. 분명히 말하노니 이제 그 얼룩은 끔찍하고 소름끼치는 교수대의 모양이었다. 아아, 슬프고도 무서운 공포와 죄의 엔진이여, 고통과 죽음의 엔진이여!

이제 나는 정말이지 한낱 인간의 비참함을 넘어서 비참했다. 그리고 한 마리의 야만적인 짐승 — 나는 녀석의 동족을 업신여기며 파멸시켰다 — 한 마리의 야만적인 짐승이 나에게 — 인간인 나에게, 지고의 신을 닮은 인간인 나에게 안겨준 그 견딜 수 없는 고뇌! 비통하여라. 나는 더는 낮에도 밤에도 휴식의 축복을 누리지 못했다. 낮에는 그 녀석이 나를 한순간도 내버려두지 않았고, 밤이면 나는 한 시간도 거르지 않고 이루 말할 수 없이 무서운 꿈에서 깨어나 내 얼굴에 닿는 녀석의 뜨거운 입김을 느끼기 시작했다. 또 녀석의 엄청난 무게 — 나로서는 떨쳐낼 재간이 없었던 악몽의 화신 — 내 심장에 영원히 얹힌 그 엄청난 무게!

이런 고통의 압력 밑에서, 내 안에 미약하게 남아있던 선(善)이 무릎을 꿇었다. 악한 생각들이 나의 유일한 친구가 되었다 — 가장 음침하고 가장 악한 생각들이. 평소에 내가 부렸던 변덕은 모든 사물과 모든 인간에 대한 적개심으로 증폭되었다. 다른 한편 나의 유순한 아내는, 비통하여라! 이제 내가 맹목적으로 빠져드는 갑작스럽고 빈번하고 통제 불가능한 분노의 폭발을 가장 흔하게 또한 참을성 있게 견디는 희생자가 되었다.

어느 날 아내는 우리가 가난 때문에 어쩔 수 없이 거주하게 된 낡은 건물의 지하실로 어떤 집안일 때문에 나와 함께 내려갔다. 고양이가 나를 따라 가파른 계단으로 내려오다가 나를 거꾸로 떨어뜨릴 뻔했고, 나는 미칠 듯이 분노했다. 분노에 휩싸여 이제껏 내 손을 제지했던 유치한 두려움을 망각한 나는 도끼를 치켜들고 놈을 겨냥했다. 만약에 내 생각대로 도끼가 내려갔다면 놈은 당연히 그 자리에서 죽었을 것이다. 그러나 그 일격을 아내의 손이 붙들었다. 방해를 당하여 악마보다 더 악이 받친 나는 아내가 붙든 내 팔을 뿌리쳐 도끼를 그녀의 뇌에 찍어 넣었다. 그녀는 한마디 신음도 없이 즉사하여 쓰러졌다.

이 소름끼치는 살인을 마친 나는 지체 없이 온 정성을 다하여 시체를 숨기는 일에 착수했다. 집밖으로 옮길 수 없다는 것은 알고 있었다. 낮이든 밤이든 이웃의 눈에 띌 위험이 있었다. 여러 계획들이 떠올랐다. 한동안 시체를 토막 내어 불에 태울까 생각했다. 그러다가 지하실 바닥에 구덩이를 파고 묻기로 결심하기도 했다. 또 어떤 때는 마당의 연못에 던지는 것을 신중하게 고려했다. 시체를 평범한 상품처럼 상자에 포장한 후 짐꾼을 시켜 집밖으로 옮기는 것도. 결국 이 방법들보다 훨씬 더 적절해 보이는 방법이 떠올랐다. 나는 시체를 지하실의 벽 속에 집어넣기로 결정했다. 중세의 수도사들이 사람을 죽여서 그렇게 했다고 전해지는 것처럼 말이다.

그 지하실은 그렇게 하기에 안성맞춤이었다. 벽이 허술했고, 최근에 거친 회반죽을 벽 전체에 발랐는데 실내 공기가 습해서 굳어지지 않은 상태였다. 게다가 한쪽 벽에는 굴뚝이나 벽난로를 잘못 만들어 다시 메우고 지하실의 붉은색과 비슷하게 칠한 돌출부가 있었다. 손쉽게 그곳의 벽돌들을 떼어내고 시체를 집어넣은 다음 다시 감쪽같이 벽을 쌓을 수 있으리라는 확신이 들었다. 어느 누구도 수상한 점을 눈치 채지 못하도록 감쪽같이.

나의 예상은 틀리지 않았다. 나는 쇠지레를 써서 쉽게 벽돌들을 뽑아낸 다음에 시체를 조심스럽게 안쪽 벽에 기댄 후 그 자세로 받치고서 모든 구조를 원래대로 복구했다. 최대한 조심하면서 모르타르, 모래, 섬유를 마련하여 원래의 것과 구별할 수 없는 회반죽을 만들었고, 정말 세심하게 새로 벽돌을 쌓았다. 일을 마쳤을 때 나는 전적으로 만족했다. 벽에는 손을 댄 흔적이 조금도 남지 않았다. 바닥의 쓰레기는 정말 꼼꼼하게 청소했다. 나는 의기양양하게 주위를 둘러보며 이렇게 중얼거렸다. "좋아, 나의 노고가 전혀, 정말이지 전혀 헛되지 않았군 그래."

다음으로 할 일은 이 모든 참사의 원인을 제공한 그 짐승을 찾는 것이었다. 마침내 나는 놈을 죽이기로 단단히 마음먹은 상태였다. 그때 내가 놈과 마주쳤다면, 놈의 운명은 자명했을 것이다. 그러나 그 교활한 동물은 내가 앞서 보인 격렬한 분노를 경계하는 듯 나타나지 않았다. 그 혐오스런 놈의 부재가 나의 가슴에 안겨준 깊고도 행복한 안도감을 설명하기는 불가능하다. 상상하기도 불가능하다. 녀석은 밤새 나타나지 않았다. 그리하여 녀석을 집에 들인 이래로 적어도 하룻밤 동안 나는 평온하고 깊은 잠을 잤다. 그렇다, 내 영혼에 살인의 멍에가 지워졌는데도 숙면을 취했다.

이튿날과 셋째 날이 지나도록 나의 악당은 나타나지 않았다. 나는 다시금 자유를 만끽했다. 그 괴물이 공포에 질려 집을 영영 떠났구나! 이제 더는 놈을 보지 않아도 되는구나! 나는 지극히 행복했다. 나의 음험한 범죄는 나를 거의 귀찮게 하지 않았다. 몇 번의 질문이 있었지만 쉽게 대답했다. 심지어 수색까지 이루어졌지만, 당연히 아무것도 발견되지 않았다. 나는 행복한 앞날이 보장되었다고 여겼다.

은밀한 살인 후의 넷째 날, 매우 뜻밖에 몇 명의 경찰관이 들이닥쳐 재차 철저하게 가택 수색을 했다. 그러나 내가 시체를 은닉한 장소를 찾아내지 못하리라고 확신한 나는 전혀 당황하지 않았다. 경찰관들은 나에게 함께 다닐 것을 명령했다. 그들은 구석구석을 빠짐없이 뒤졌다. 그러다가 세 번째인가 네 번째 수색에서 지하실로 내려갔다. 나는 눈썹 하나도 까딱하지 않았다. 내 심장은 천진하게 조는 사람의 심장처럼 고요히 박동했다. 나는 지하실을 끝에서 끝까지 가로질러 걸었다. 팔짱을 끼고 편안하게 이리저리 어슬렁거렸다. 경찰관들은 완전히 만족하여 떠날 채비를 했다. 내 마음 속의 환희는 너무 강력해서 억누르기 어려웠다. 승리감을 표현하기 위해서, 또 나의 결백에 대한 그들의 확신을 두 배로 확고히 하기 위해서 한마디만 말하고 싶어 못 견딜 지경이었다.

"경찰관님들!" 결국 경찰관들이 계단을 오를 때 내가 말했다. "여러분의 의심이 해소되어 기쁩니다. 나는 여러분 모두가 건강하고 약간 더 정중하기를 바랍니다. 말이 났으니 말인데, 여러분, 이 집 — 이 집 매우 잘 지은 집입니다." 편안하게 말하려는 강렬한 욕구 때문에 나는 내가 무슨 말을 지껄이는지 거의 몰랐다. "탁월하게 잘 지은 집이라고 할 수 있어요. 여러분이 지나는 이 벽 — 이 벽 진짜 튼튼해요." 이 대목에서, 단지 무모한 흥분 때문에, 나는 손에 든 지팡이로 내 사랑하는 아내의 시체를 가린 바로 그 벽을 세차게 두드렸다.

그런데, 오오 신이시여, 저를 대악마의 이빨에서 보호하시고 건지소서! 내 두드림의 잔향이 가라앉자마자 무덤 속에서 어떤 목소리가 대꾸했다. 울음이었다. 처음엔 아기의 흐느낌처럼 미약하고 간간히 끊어졌지만 곧 길고 크고 연속적인 비명으로 부풀었다. 정말 기괴하고 비인간적인 비명 — 짐승이 짖는 소리 — 공포와 기쁨이 반씩 섞인 울부짖음. 지옥에서나 솟아오를 법한, 저주받아 고통에 몸부림치는 자들과 그 저주에 환희하는 악마들이 합동으로 낼 법한 소리였다.

나 자신의 생각을 말하는 것은 어리석은 짓이다. 정신이 혼미해지면서 나는 반대편 벽으로 갔다. 계단에 있던 경찰관들은 극도의 공포와 두려움으로 문득 동작을 멈췄다. 다음 순간, 다부진 팔 열 개가 벽을 붙들고 씨름을 하고 있었다. 벽이 통째로 쓰러졌다. 벌써 많이 썩고 피가 응고한 시체가 지켜보는 사람들의 눈앞에 우뚝 섰다. 시체의 머리 위에, 붉게 벌어진 주둥이와 불처럼 타오르는 외톨이 눈알로 그 소름끼치는 짐승이 앉아 있었다. 교묘한 솜씨로 나를 살인으로 이끈 짐승, 목소리로 정보를 제공하여 나를 교수형 집행인에게 넘긴 짐승. 나는 그 괴물을 벽 무덤에 함께 넣었던 것이다.

어셔 가의 몰락

그의 마음은 팽팽한 현
누군가 건드릴 때마다 다시 우네.
— 드 베랑거 —

그해 가을, 구름이 답답할 정도로 낮게 드리운 흐리고 어둡고 고요한 어느 날 나는 온종일 혼자서 말을 타고 유별나게 황량한 지역을 지나고 있었다. 이윽고 저녁 어스름이 깔릴 무렵, 나는 음침한 어셔 가(家)가 보이는 곳에 이르렀다. 어째서 그랬는지는 모르겠다. 아무튼 그 건물을 처음 보는 순간 견딜 수 없는 우울함이 내 영혼을 덮쳤다. 견딜 수 없는 우울함. 그 느낌은, 정신이 더할 나위 없이 황폐하거나 가혹한 자연의 광경을 받아들일 때조차도 일어나며 시적이라서 반쯤은 즐길 만한 그런 감정에 의해서도 누그러지지 않았다. 나는 눈앞의 광경을 바라보았다. 그저 집에 불과한 그 집과 근처의 단순한 지형 — 을씨년스런 벽들 — 텅 빈 눈과 같은 창들 — 몇 줄로 늘어선 사초(莎草) — 썩어서 하얗게 변한 나무둥치 몇 개 — 우울, 나로서는 아편에 흥청거린 후에 덮쳐오는 망상 외에는 어떤 지상의 감정에도 빗댈 수 없는 철저한 우울 — 일상으로의 쓰라린 전락 — 소름끼치게 벗겨져 내리는 베일. 얼음 같은 차가움, 병들어 가라앉는 마음이 있었다 — 상상력이 아무리 닦달해도 숭고한 무언가로 바꿀 수 없는 오롯하게 쓸쓸한 생각. 무엇일까 — 나는 생각하기 위해 멈췄다 — 어셔 가를 바라보는 나를 이토록 짓누르는 것은 무엇일까? 그것은 전혀 풀 수 없는 수수께끼였다. 내가 곰곰이 생각할 때 나에게로 모여들어 웅성거리는 불분명한 공상들을 붙잡고 싸울 수도 없었다. 나는 어쩔 수 없이 다음과 같은 만족스럽지 않은 결론으로 후퇴했다. 아주 간단한 자연적인 대상들의 조합이 나를 짓누르는 힘을 발휘한다는 점에는 의심의 여지가 없다. 하지만 그 힘을 분석하는 일은 우리 능력의 깊이를 벗어난다. 이 광경, 이 그림의 세부를 이루는 각각의 것들을 단지 다르게 배치하기만 해도 이 광경의 비통한 인상을 완화하거나 심지어 제거할 수 있다는 생각이 들었다. 이런 생각을 하면서 나는 건물 옆에 잔잔하게 반짝이는 검고 붉은 못의 가파른 가장자리로 말을 몰았다. 잿빛 사초와 창백한 나무둥치와, 텅 빈 눈과 같은 창의 뒤집히고 변형

된 이미지가 물에 잠긴 것을 내려다보았다. 아까보다 더욱 섬뜩한 몸서리가 났다.

그렇지만 나는 이 우울한 저택에서 몇 주 동안 머무르자고 다짐했다. 저택의 주인인 로더릭 어셔는 소년시절에 함께 놀던 친구였다. 하지만 우리가 마지막으로 만난 후로 벌써 여러 해가 지났다. 그런데 얼마 전에 나에게 먼 곳으로부터 편지가 왔다. 로더릭의 편지였다. 정말 절박한 편지라서 답장 대신 내가 직접 올 수밖에 없었다. 편지의 필체는 흥분을 증언했다. 필자는 심각한 병 — 그를 짓누르는 정신장애 — 을 언급했고, 최고의 친구이며 사실상 유일한 친구인 나를 진심으로 보고 싶다고 했다. 나와 유쾌하게 어울려 그의 병을 어느 정도 완화시켜보겠다는 것이었다. 나를 머뭇거리지 못하도록 만든 것은 그 모든 말과 훨씬 더 많은 다른 말을 하는 방식이었다. 그의 요청에 확실히 진심이 담겨있었다. 그리하여 나는 지금 생각해도 매우 유별난 그의 소환에 지체 없이 응했다.

물론 소년시절에 우리는 친한 친구였지만, 나는 내 친구에 대해서 아는 바가 정말 거의 없었다. 그는 항상 습관적으로 과도하게 말과 행동을 삼갔다. 하지만 나는 매우 유서 깊은 그의 가문이 까마득한 옛날부터 특유의 감성적 기질로 유명하다는 것을 알고 있었다. 그 기질은 오랜 세월에 걸쳐 수많은 탁월한 예술작품으로 드러났고 최근에는 아낌없으면서도 생색내지 않는 자선활동으로, 또한 복잡한 음악학에 열정적으로 심취하는 것으로 거듭 표출되었다. 아마 정통적이며 쉽게 알아볼 수 있는 아름다움보다 그런 복잡한 음악학에 훨씬 더 많이 심취했을 것이다. 또 나는 어셔 가문의 줄기가 그 깊은 전통에도 불구하고 오래 이어진 가지를 어떤 시기에도 뻗지 못했다는 것을 알게 되었다. 다시 말해 가문 전체가 직계후손이며, 매우 미미하고 일시적인 변화가 있었을 뿐, 항상 그랬다는 것을. 나는 이 결여 때문이라고 생각했다. 저택의 특징이 거주자들의 공인된 특징과 완벽하게 일치한다는 점을 마음속으로 되짚어보면서, 수백 년을 거치면서 저택과 거주자들이 서로에게 영향을 끼치지 않았을까 추측하면서, 나는 아마 그 같은 가지의 결여 때문에, 따라서 어셔라는 이름의 집이 아버지에게서 아들에게로 한결같이 상속되었기 때문에, 결국 집과 가문이 이토록 동일해졌고, 그 결과로 본래 집의 이름이었던 것이 예스럽고 이중적인 명칭인 "어셔 가"로 변한 것이라고 생각했다. 그 명칭을 사용하는 농민들은 그것이 가문과 집 둘 다를 가리킨다고 여겼다.

이미 말한 대로, 나의 약간 유치한 실험 — 못 속을 내려다본 것 — 은 애초의 기묘한 인상을 더욱 부풀리는 효과만 일으킬 뿐이었다. 나는 나의 미신이 — 미신이라고 부르지 말아야 할 이유가 없지 않은가? — 급속히 증가하는 것을 알아챘고, 그 알아챔은 주로 그 증가를 가속하는 구실을 했다. 내가 오래전부터 알고 있듯이, 그것은 공포에 기반을 둔 모든 정서의 역설적인 법칙이다. 아마 단지 그 이유 때문이었을 것이다. 내가 못에 잠긴 집의 이미지에서 눈을 들어 다시 집을 바라보았을 때, 내 안에서 이상한 공상이 떠올랐다. 정말 우스꽝스런 공상이었다. 내가 그 공상을 언급하는 것은 단지 나를 짓눌렀던 느낌들의 힘을 생생하게 묘사하기 위해서다. 나는 그 저택과 마당 전체를 그곳과 그 주변에만 있는 특이한 공기가 감싸고 있다는 믿음을 품게 될 정도로 상상력을 발휘했다. 하늘의 공기와 전혀 다른 공기, 썩은 나무들과 회색 벽과 침묵하는 못이 뿜어낸 공기, 신비롭고 해로운 증기, 흐리멍덩하고 묵직하고 거의 식별할 수 없는 납 색깔의 공기.

분명 꿈인 것을 영혼에서 털어내며 나는 그 건물의 실제 모습을 더 자세히 살펴보았다. 가장 큰 특징은 지나치게 오래되었다는 점인 것 같았다. 세월로 인한 퇴락이 심했다. 미세한 곰팡이가 외벽 전체를 뒤덮고 처마에서 늘어져 화려한 그물 장식을 이루었다. 그러나 이 모든 것은 어떤 특별한 훼손의 결과가 결코 아니었다. 벽돌이 무너진 부분은 한 군데도 없었다. 여전히 완벽한 조립 상태와 부스러져가는 각각의 돌들이 심하게 모순 되는 것 같았다. 그 모순은 어느 지하실에 방치되어 외부 공기의 방해를 받지 않으면서 긴 세월 동안 썩은 오래

된 목공예품의 번드르르한 허울을 연상시켰다. 하지만 이 심한 퇴락의 증거를 넘어선 구조적 불안정성의 조짐은 거의 없었다. 아마도 꼼꼼한 관찰자라면 건물 전면의 지붕에서부터 벽을 타고 지그재그로 이어져 못의 음침한 물속으로 사라지는 보일 듯 말 듯한 균열을 발견했을 것이다.

이런 생각들을 하면서 나는 포장된 짧은 길을 따라 건물로 말을 몰았다. 기다리던 하인이 말을 인계받았고, 나는 홀의 고딕 아치 통로로 진입했다. 그때부터 또 다른 하인이 발소리를 죽이고 말없이 앞장서서 어둡고 복잡한 여러 통로들을 지나 주인의 작업실로 나를 안내했다. 어째서 그랬는지 모르겠지만, 도중에 마주친 많은 것들은 내가 이미 언급한 불분명한 정서를 강화했다. 내 주위의 것들, 그러니까 천장의 조각들, 벽의 칙칙한 양탄자들, 칠흑같이 검은 바닥, 환영 같은 문장이 새겨진 장식물들이 달그락거리는 소리는 내가 유아기부터 겪어 익숙한 것들이었다. 그럼에도 불구하고, 이 모든 것이 내게 익숙하다고 즉시 인정했음에도 불구하고, 나는 평범한 이미지들이 얼마나 낯선 공상을 일으키는지에 새삼 놀랐다. 어느 계단에서 나는 가문의 주치의를 만났다. 그의 얼굴에 약간의 교활함과 당혹감이 뒤섞인 표정이 드리웠다고 나는 생각했다. 그는 놀라면서 내 옆을 스쳐 지나갔다. 어느새 하인이 문을 열고 나를 주인에게 인도했다.

내가 들어선 방은 아주 크고 천장이 높았다. 창들은 길고 좁고 뾰족했으며 참나무로 된 검은 바닥에서 아주 멀리 떨어져 있어서 실내에서는 전혀 접근할 수 없었다. 격자 창살을 통해 심홍색 빛이 희미하게 들어와 비교적 두드러진 사물들을 충분히 뚜렷하게 비췄다. 그러나 아무리 애써도 방의 건너편 구석들과 장식된 아치 천장의 후미진 곳들은 볼 수 없었다. 벽에 어두운 휘장이 드리워있었다. 가구는 대체로 과다했고, 황량했으며, 오래되었고, 다 낡은 상태였다. 여기저기에 여러 책들과 악기들이 흩어져 있었지만 전체적인 광경에 생기를 불어넣지 못했다. 나는 슬픔의 공기를 호흡하고 있다고 느꼈다. 가혹하고 깊고 돌이킬 수 없는 우울이 모든 곳에 드리우고 스며있었다.

내가 들어서자 어셔는 소파에 널브러져 있다가 일어나 넘쳐나는 온정으로 나를 맞이했다. 처음에 나는 그 온정에 과장된 친절이, 세상에 싫증난 사내가 애써 짜낸 노력이 많이 섞여 있다고 생각했다. 그러나 그의 표정을 보고서 그가 완벽하게 진실하다는 것을 확신했다. 우리는 자리에 앉았고, 그가 침묵하는 잠시 동안 나는 연민과 두려움이 뒤섞인 감정으로 그를 응시했다. 정말이지 이렇게 짧은 기간에 이토록 엄청나게 달라진 인물을 로더릭 어셔 말고는 본 적이 없었다! 나는 내 앞에 있는 사내와 내 어린시절의 친구가 똑같은 사람이라는 것을 받아들이기 위해 애써야 했다. 하지만 그의 얼굴의 특징들은 여전히 두드러졌다. 시체처럼 창백한 안색, 타의 추종을 불허할 만큼 크고 촉촉하고 빛나는 눈, 약간 가늘고 파르스름하지만 곡선이 탁월하게 아름다운 입술, 콧구멍의 크기만 빼면 히브리인의 모형에 붙어있을 법한 정교한 코, 두드러지지 않아서 정신적 에너지의 부족을 증언하는 섬세한 윤곽의 턱, 거미줄처럼 가늘고 부드럽다는 말로도 부족한 머리카락. 이 특징들은 지나치게 큰 머리와 더불어 쉽게 잊을 수 없는 모습을 이루었다. 하지만 이제 그 특징들이 지닌 일반적인 성격과 평소의 표정이 더 강조되었고, 그 강조는 단지 강조일 뿐인데도 내가 누구에 대하여 이야기하고 있는지 의심스러울 정도로 큰 변화였다. 무엇보다 지금의 시체처럼 창백한 안색, 지금의 초자연적으로 빛나는 눈은 두렵기까지 했다. 비단처럼 부드러운 머리카락도 완전히 방치된 채 자라 있었다. 얼굴 주위로 늘어졌다기보다 떠다닌다고 해야 할 그 야생 거미줄 같은 머리카락의 복잡하고 기묘한 표정을 나는 단순한 사람다움에 대한 생각과 연결하려야 할 수 없었다.

내 친구의 행동에서 나는 즉시 비일관성을, 변덕을 알아챘다. 그리고 곧 그 변덕이 습관적인 근육경련을, 과도한 신경흥분을 극복하기 위한 미약하고 헛된 노력의 결과라는 것을 발견했다. 사실 나는 그런 상황을 각오하고 있었다. 어린 시절의 특징들에 대한 기억, 그의 특이한 신체 구조와 기질, 그리고 무엇보다 그의 편지가 나를 그런 상황에 대비하게 만들었다. 그는 번갈아 활발해지고 침울해졌다. 그의 목소리는 (동물 정령이 완전히 정지한 듯할 때) 망설이듯 떨리는 음성에서 원기왕성하고 간결한 음성으로 순식간에 바뀌었다. 그 갑작스럽고 묵직하고 신중하고 불분명한 소리 — 그 느리고 안정적이고 완벽하게 조절된 목쉰 소리 — 지독한 술주정뱅이나 구제 불능의 아편쟁이가 가장 심하게 흥분했을 때 낼 법한 소리.

그가 나를 부른 목적에 대해서 이야기할 때, 나를 보고자 하는 그의 열망과 나에게서 기대하는 위로에 대해서 이야기할 때 그의 목소리가 그러했다. 이윽고 그는 자신의 병에 대해서 스스로 생각하는 바를 이야기하기 시작했다. 그는 자신의 병이 타고난 가문의 불행이라고 했다. 치료법을 발견하리라는 희망을 버렸다고도 했다. 이어서 틀림없이 이내 사라질 단순한 신경질환이라고 곧바로 덧붙였다. 그 병의 증세는 수많은 자연스럽지 않은 감각들이었다. 나는 그가 자세히 설명한 감각들 중 일부에 관심과 놀라움을 느꼈다. 물론 그의 용어들과 일반적인 설명 방식도 나름대로 인상적이었겠지만 말이다. 그는 감각들이 병적으로 예민해서 고생하고 있었다. 거의 아무 맛도 없는 음식만 먹을 수 있었고, 특정한 직물로 만든 옷만 입을 수 있었다. 모든 꽃의 향기는 그에게 폭력적이었다. 그의 눈은 희미한 빛에도 고통을 느꼈다. 하지만 현악기들이 내는 독특한 소리는 예외였다. 그 소리만큼은 공포를 일으키지 않았다.

나는 그가 특이한 공포의 노예가 되었음을 알아챘다. "난 망할 거야." 그가 말했다. "이 비참한 바보짓을 하면서 망하고야 말 거야. 이렇게, 바로 이렇게, 오로지 이렇게 망할 거야. 미래의 사건들이 두려운데, 사건들 자체가 두려운 게 아니라 그 결과가 두려워. 이 견딜 수 없는 영혼의 흥분을 일으킬지도 모르는 사건을 생각하는 것만으로도 몸서리가 나. 아무리 사소한 사건이라도 말이야. 난 정말이지 위험한 일이 무섭지 않아. 다만 그 절대적 결과가 무서워 — 공포가 무서워. 이런 황당한 — 이런 가련한 상황이라니 — 조만간 내가 이 냉혹한 괴물과 싸우다가 생명과 이성을 모두 버릴 수밖에 없을 때가 올 것 같아. 이 냉혹한 괴물, 공포와 싸우다가 말이야."

그뿐만 아니라 나는 이따금씩, 파편적이고 불분명한 단서들을 통해서 그의 정신상태가 지닌 또 다른 기이한 특징을 알아챘다. 그는 그의 거처, 그가 점유한 곳이며 여러 해 동안 그 밖으로 감히 나서지 못한 곳인 그 거처와 관련한 어떤 미신적인 느낌에 얽매여 있었다. 그것은 어떤 영향에 대한 미신적인 느낌이었으며, 그 영향의 위력에 대해서 그가 뭐라고 했지만, 그 말은 워낙 애매해서 여기에 다시 옮길 수 없다. 아무튼 그의 가문 저택의 형태와 재료가 지닌 몇몇 특징이 오랜 세월의 손길 덕분에 그의 영혼에 끼치게 된 영향이라고 그는 말했다. 물질적인 것들인 회색 벽들과 원형 탑들, 그리고 그것들 전부가 비친 어둑한 못이 마침내 그의 존재의 정신적 활력에 초래한 효과라고.

하지만 그는 그렇게 그를 덮친 독특한 우울의 많은 부분은 더 자연스럽고 훨씬 더 명백한 다른 원인에서 비롯되었을 수 있다고 머뭇거리면서나마 인정했다. 그 원인은 지상에 남은 그의 유일한 피붙이인 사랑스런 누이가 앓는 지병, 오래전부터 그의 유일한 동반자인 누이에게 임박한 죽음이었다. 내가 잊지 못하는 비통함으로 그는 말했다. "누이가 죽으면 나는(허약하고 희망이 없는 나는) 어셔라는 고대 혈통의 마지막 생존자가 될 거야." 그가 이 말을 하고 있을 때, 메이들라인 양(그의 누이의 이름이다)이 방의 건너편을 느릿느릿 지나, 내가 있는 것을 알아채지 못한 채 사라졌다. 나는 그녀를 보고 숨이 막히는 놀라움과 약간의 두려움을 느꼈지만, 그 느낌의 원인을 설명하기는 불가능했다. 내 눈이 멀어지는 그녀의 발걸음을 뒤쫓는 동안 멍해지는 느낌이 나를 짓눌렀다. 이윽고 그녀의 등 뒤로 문이 닫혔고, 나의 시선은 본능적으로 또한 애타게 그녀의 남자형제의 안색을 살폈다. 그러나 그는 얼굴을 손으로 감싸고 있어서, 평소보다 훨씬 더 심한 창백함이 쇠약

한 손가락들을 온통 뒤덮은 것만 보였다. 그 손가락들 사이로 뜨거운 눈물이 허다하게 방울져 떨어졌다.

메이들라인 양의 병은 오랫동안 유능한 의사들을 당황시켰다. 만성적 무감정, 점진적 인격 소진, 일시적이지만 빈번하며 어느 정도 강직성을 띤 애착. 특이한 진단이었다. 이제껏 그녀는 꾸준히 병에 저항했고 침상에 눕는 최후의 길을 택하지 않았다. 그러나 내가 그 집에 도착한 날의 저녁이 끝나갈 때 그녀는 (그녀의 남자형제가 그날 밤 내게 이루 말할 수 없이 동요하면서 말했듯이) 파괴자의 힘에 무릎을 꿇었다. 그리고 나는 아까 흘끗 본 그녀의 모습이 아마도 마지막일 것이라는 말을 들었다. 적어도 살아있는 동안 그녀는 내 눈에 더는 띄지 않으리라는 말을.

이어진 여러 날 동안 어셔도 나도 그녀의 이름을 입에 담지 않았다. 이 기간에 나는 내 친구의 우울을 줄이기 위해 진지하게 노력하느라 바빴다. 우리는 함께 그림을 그리고 책을 읽었다. 아니면 내가 마치 꿈속인 듯이, 그가 즉흥적으로 연주하는 풍부한 기타 소리에 귀를 기울였다. 그렇게 점점 더 친해지면서 그의 영혼의 후미진 곳에 스스럼없이 접근하면 할수록, 나는 정신적 우주와 물질적 우주의 온갖 대상에 어둠을 마치 영혼 자신의 내재적인 성질인 것처럼 쏟아 부어 대상들이 끊임없이 우울만을 뿜어내게 만드는 그런 영혼을 격려하려는 모든 노력이 부질없다는 것을 더욱 확실하게 깨달았다.

언젠가 나는 그렇게 나 홀로 어셔 가의 주인과 보낸 그 많은 엄숙한 시간들을 담담히 떠올리게 될 것이다. 그러나 그가 부추기거나 이끌어 우리가 몰두했던 연구 혹은 활동의 정확한 성격에 대해서는 아무리 애써도 설명할 수 없을 것이다. 격하고 매우 불온한 이상주의가 만물을 지옥불의 광채로 뒤덮었다. 그의 긴 즉흥 장송곡은 영원히 내 귓가에 울릴 것이다. 무엇보다도 아프게 기억나는 것은 폰 베버의 마지막 왈츠에 나오는 야성적인 멜로디를 독특하게 비틀고 과장한 연주였다. 그의 정교한 상상을 채워 넣은 그림들은 붓질이 더해질 때마다 모호하게 변했고, 그 모호함 앞에서 나는 왜 몸서리가 나는지 몰라서 더욱 몸서리가 났다. 그 그림들에 대해서는(지금도 내 눈앞에 생생하게 떠오른다) 한갓 글이 감당할 수 있는 범위 안에 들어올 만한 작은 부분만을 이야기할 수 있을 것이다. 그는 철저한 단순성과 노골적인 구성으로 관심을 사로잡고 압도했다. 관념을 그린 인간이 있다면, 그 인간은 로더릭 어셔다. 적어도 내가 — 당시 상황에서 — 보기에 그 건강염려증환자가 화폭에 펼쳐놓는 순수한 추상들은 견딜 수 없을 만큼 강렬한 공포를 일으켰다. 아직까지 나는 확실히 강렬하지만 너무 구체적인 퓨셀리Fuseli의 몽상적인 그림들을 보면서 그런 공포의 그림자도 느껴본 적이 없다.

내 친구는 추상의 정신에 약간은 어긋난 환상적인 생각도 가지고 있었는데, 그 생각의 윤곽을 미약하게나마 말로 표현할 수 있을지도 모르겠다. 어떤 작은 그림은 엄청나게 긴 사각 지하복도 혹은 터널을 그린 것이었는데, 천장과 벽은 희고 매끄럽고 낮았으며 연속성을 끊는 장애물이나 장치 따위는 없었다. 몇 가지 추가적인 사항들은 그 통로가 아주 깊은 지하에 있음을 잘 보여주었다. 그 기나긴 통로의 어디에도 출구는 보이지 않았다. 등도 없었고, 다른 인공적인 광원(光源)도 없었다. 그런데도 강렬한 광선들이 홍수처럼 출렁이며 모든 것을 시체처럼 창백하고 어색한 광휘로 물들였다.

방금 전에 나는 청각신경의 병적인 상태로 인해 환자가 현악기의 특정한 소리를 제외한 모든 음악을 견딜 수 없게 되었다고 언급했다. 그래서 그는 기타로 매우 한정된 음만을 연주했고, 아마도 상당한 정도로 그 때문에 그의 연주가 환상적인 성격을 띠는 것 같았다. 그러나 타오르는 듯 능숙한 그의 즉흥연주를 그런 식으로 설명할 수는 없었다. 기타의 음뿐만 아니라 날뛰는 환상의 언어로도(그는 운율을 맞춘 가사를 종종 즉흥적으로 곁들였다) 연주된 그 곡들은, 내가 앞서 오로지 고도의 인위적 흥분의 순간에만 나타난다고 언급했던 강렬한 정신 집중과 침착함의 산물일 수밖에 없었고 실제로 그랬다. 그 랩소디 중 한 곡의 가사를 나는 쉽게 암기했다. 그가 말했듯이 아마도 나는 그 가사에 담긴 의미의 심층적인 혹은 신비로운 흐름 속에서 처음으로 어셔가 그녀의 옥좌 위에서 비틀거리는 자신의 고귀한 이성을 온전히 의식하고 있음을 알아챘다고 상상했기 때문에 더욱 그 가사에 강한 인상을 받을 수밖에 없었던 것 같다. "유령의 집"이라는 제목의 그 운문은 정확하지는 않더라도 거의 다음과 같았다.

I

착한 천사들이 사는
우리 계곡의 가장 푸른 곳에
어느 날 멋지고 당당한 궁전
찬란한 궁전 솟아올랐네
생각이 왕으로서 지배하는 가운데
우뚝 솟았네!
최고의 천사도 그 절반만큼 멋진 건물을
본적이 없다네.

II

노란 깃발, 찬란한 깃발, 금빛 깃발
지붕 위에 펄럭였네.
(다, 전부 다
오랜 옛날의 일이라네.)
그 사랑스런 날에

깃털로 장식된 푸른 성벽을 희롱하던 바람
날개달린 향기 다들 가버렸네.

III

그 행복한 계곡에 들어선 나그네들
반짝이는 두 창을 통해 보았네
잘 조율된 류트의 규칙에 맞춰
왕좌 주위를 영혼들이 춤추듯 움직이고
(포르피로진Porphyrogene!)
지배자가 자기의 영광에 잘 어울리는 자세로
왕좌에 앉아있는 것을.

IV

그리고 온통 진주와 루비로 찬란한
멋들어진 성문이 있었네.
거기로 끝없이, 끝없이, 끝없이
점점 더 반짝이면서
오로지 노래하는 것이 행복한 임무인
에코echo의 무리들 흘러나왔네
아름다움을 능가하는 목소리로
왕의 재치와 지혜를 능가하는 목소리로.

V

그러나 악한 세력, 슬픔의 옷을 입고
왕의 고귀한 영토를 습격했네
(아아, 애도하세. 비참하여라, 내일은 그에게
영원히 밝아오지 않으리니)
그리하여 그의 집을 휘돌아
움트고 꽃피던 영광
기억도 희미한 무덤 속 옛날의
이야기일 뿐이라네.

VI.

이제 그 계곡에 들어온 여행자들
불그스름한 창들을 통해 보네
귀에 거슬리는 멜로디에 맞춰
괴상하게 움직이는 거대한 형상들
끔찍한 무리들은 시체만큼 창백한 급류처럼
희끄무레한 문으로 영원히 쏟아져 나오네
웃음소리는 있으나 이제 미소는 없다네.

이 소박한 노래에서 비롯된 연상이 우리를 꼬리를 무는 생각들로 인도했고, 그 생각들 속에서 어셔의 견해가 분명히 드러났던 것을 나는 잘 기억한다. 내가 이런 언급을 하는 이유는 그 견해가 새로웠기 때문이라기보다(다른 사람들도 그런 생각을 했다) 어셔가 그 견해를 끈질기게 고수했기 때문이다. 일반적으로 그 견해는 모든 식물이 감각을 지녔다는 것이다. 하지만 그의 무질서한 상상 속에서 그 생각은 더 과감한 성격을 띠었고, 특정한 조건에서는 무기물의 왕국까지 넘나들었다. 나는 진지하고 철저한 그의 신념을 온전하게 말로 표현할 길이 없다. 아무튼 그 믿음은 (내가 앞서 넌지시 언급했듯이) 그의 조상들의 집을 이룬 잿빛 돌들에 부여되었다. 감각의 조건은 그 돌들이 함께 놓인 방식에 의해 충족된다고 그는 생각했다. 돌들이 배치된 질서에 의해, 또한 돌들에 뒤덮인 수많은 곰팡이의 질서, 주위에 서있는 썩은 나무들의 질서에 의해, 그리고 무엇보다 변함없이 오래 유지된 그 배치와 잔잔한 못의 물에 비췬 그것의 이미지에 의해 충족된다고 말이다. 그 증거 — 돌들이 감각을 지녔다는 증거 — 는 물과 벽을 휘감은 특유의 공기가 점진적으로 그러나 확실하게 짙어지는 것에서 볼 수 있다고 그는 말했다. 그 결과는 고요하지만 끈질기고 끔직한 영향이라고 했다. 몇백 년 동안 그의 가문의 운명을 주물렀고 이제 그를 내 눈앞에 있는 그의 꼴로, 그의 진면목으로 만든 영향이라고 말이다. 이런 견해에 대해서는 논평이 필요치 않다. 나는 논평하지 않겠다.

예상하겠지만, 우리가 읽은 책들 — 몇 년 동안 그 병자의 정신적 삶의 상당부분을 차지한 책들 — 은 그런 환상과 엄밀하게 맞닿아 있었다. 우리가 함께 열중한 작품으로는 그레세Gresset의 《베르베르와 샤르트뢰세Ververt et Chartreuse》, 마키아벨리의 《벨파고Belphegor》, 스웨덴보리의 《천국과 지옥》, 홀버그Holberg의 《니콜라스 클림의 지하세계 여행》, 로버트 플러드Robert Flud, 장 댕다진Jean D'Indagine, 드 라 샹브르De la Chambre의 《손금 보는 법》, 티크Tieck의 《푸르고 먼 곳으로의 여행》, 캄파넬라의 《태양의 도시》 등이 있었다. 즐겨 본 책은 도미니크회 성직자 에이메릭 드 지론느Eymeric de Gironne의 작품 《디렉토리움 인퀴지토리움Directorium Inquisitorium》의 작은 8절판이었다. 또 폼포니우스 멜라Pomponius Mela가 고대 아프리카의 사튀로스와 아이기판에 대해서 쓴 구절이 있었는데, 어셔는 그 구절을 펴고 앉아 몇 시간씩 몽상에 잠기곤 했다. 하지만 그가 가장 좋아한 책은 매우 희귀하고 진기한 고딕풍의 4절판 — 어느 잊혀진 교회의 안내서 —《마군티나의 깨어있는 죽음의 파수꾼의 두 번째 합창 모음집》이었다.

나는 이 작품에 나오는 야성적인 의식(儀式)과 그것이 그 건강염려증환자에게 끼쳤을 법한 영향을 생각하지 않을 수 없었다. 그러니까 어느 저녁 그가 난데없이 메이들라인 양은 이제 더는 없다면서 그녀의 시체를 (최종적인 매장에 앞서) 2주 동안 그 건물의 중심에 있는 수많은 아치형 지하실 중 하나에 보존하겠다는 의사를 밝혔을 때 말이다. 하지만 나로서는 그 독특한 절차에 부여된 세속적인 이유를 반박할 자유가 없다고 느꼈다. 망자의 남자형제는 (그가 내게 말해주었다) 고인이 앓았던 병의 예외적인 성격과 그녀를 진료한 의료인들의 강압적이고 의욕적인 어떤 연구와 가문의 묘지가 먼 곳에 방치되어있다는 점을 감안하여 그런 결정을 내린 것이었다. 부정하지 않겠다. 나는 그 집에 도착한 날 계단에서 마주쳤던 인물의 사악한 표정을 떠올렸다. 나는 기껏해야 무해하며 전혀 부자연스럽지 않은 예방조치로 여겨진 그 절차에 반대할 마음이 없었다.

어셔의 요청으로 나는 손수 그를 도와 임시 매장을 위한 조치를 했다. 우리는 둘이서만 시체를 관에 넣어 받침대 위에 얹었다. 우리가 그 관을 놓아둔 지하실은 (오랫동안 폐쇄되었던 방이라서 그곳의 답답한 공기에 반쯤 질식한 우리의 횃불은 주위를 둘러보는 데 거의 도움이 되지 않았다) 작고 축축하고 빛이 들어올 길이 전혀 없었다. 위치는 내 침실 바로 아래의 아주 깊은 곳이었는데, 보아 하니 먼 봉건시대에 누군가를 가두는 최악의 목적에 쓰였고 더 나중에는 화약을 비롯한 인화성이 강한 물질을 저장하는 방으로 쓰인 듯했다. 왜냐하면 바닥의 일부와 그 방으로 통하는 긴 아치형 통로의 내벽 전체가 구리로 꼼꼼히 덮여있었기 때문이다. 쇳덩어리로 된 문 역시 비슷한 방식으로 보호되어 있었다. 엄청나게 무거운 그 문은 열리고 닫힐 때 유별나게 날카로운 마찰음을 냈다.

이 공포의 구역에 놓인 받침대에 비통한 짐을 부린 후에 우리는 아직 나사못을 박지 않은 뚜껑을 약간 젖히고 관 속에 누운 얼굴을 내려다보았다. 그때 처음으로 나는 남녀형제가 놀랍도록 닮았다는 점에 주목했다. 어셔는 내 생각을 눈치 챘는지 몇 마디 말을 웅얼거렸고, 나는 그 말을 듣고 망자와 그가 쌍둥이였으며 거의 이해할 수 없는 공감이 그들 사이에 항상 존재했음을 알게 되었다. 그러나 우리의 시선은 망자 위에 오래 머물지 않았다. 두려움 없이 그녀를 볼 수 없었기 때문이다. 그렇게 그 병은 고귀한 그녀를 젊음이 무르익은 시기에 무덤에 넣었고, 강직성을 확실히 띤 모든 병이 그렇듯이, 가슴과 얼굴에 희미한 홍조처럼 보이는 기색을 남겼다. 그리고 입술에 남은 미소. 시체의 입술에 미심쩍게 오래 남은 그 미소는 정말 끔찍했다. 우리는 뚜껑을 덮고 나사못을 박았으며, 철문을 닫은 후에 힘겹게 위층으로 올라왔다. 위층도 지하실 못지않게 어두침침했다.

쓰라린 슬픔으로 며칠이 지난 후, 내 친구의 정신장애에 눈에 띄는 변화가 일어났다. 그의 평소 행동은 사라졌다. 평소 소일거리는 무시되거나 잊혀졌다. 그는 바쁘고 일정하지 않고 목적 없는 걸음으로 이 방 저 방을 돌아다녔다. 안색은 더욱 더 창백해졌다. 하지만 눈의 광채는 완전히 사라졌다. 가끔 그의 음성에 섞였던 목쉰 소리를 이제는 들을 수 없었다. 마치 극도의 공포에 휩싸인 듯, 그의 말은 습관적으로 심하게 떨렸다. 사실 때때로 부단히 동요하는 그의 정신이 어떤 충격적인 비밀을 품고서 그것을 발설할 용기를 짜내느라 애쓰는 중이라고 생각했다. 또 때때로 그 모든 행동을 단지 광기의 설명할 수 없는 변덕으로 치부할 수밖에 없었다. 왜냐하면 그가 철저히 주의를 집중한 자세로 마치 어떤 상상의 소리에 귀를 기울이기라도 하듯이 오랫동안 허공을 응시하는 것을 보았기 때문이었다. 그의 상태가 공포를 불러일으킨 것, 그의 상태가 나를 감염시킨 것은 놀라운 일이 아니었다. 나는 느꼈다. 그가 고유하게 지닌 환상적이지만 강력한 미신의 야성적인 영향이 나에게 천천히 그러나 확실히 스며드는 것을.

내가 그런 느낌의 위력을 온전히 체험한 것은 메이들라인 양을 건물의 중심에 안치한 후 일고여드레 째 날 밤늦게 잠자리에 들면서였다. 잠은 내 침상 근처에도 얼씬거리지 않았고, 시간은 자꾸만 흘러갔다. 나는 나를 틀어쥔 불안을 이성으로 떨쳐내려 애썼다. 내 느낌의 전부는 아니더라도 상당부분은 그 방의 음침한 가구들이 당혹감을 일으키는 데서 비롯되었다고 믿으려 노력했다. 컴컴하고 너덜너덜한 휘장이 거세지는 비바람에 시달리다 발작하듯 앞뒤로 흔들리면서 침대의 장식에 쓸려 불안한 소음을 내는 데서 비롯되었다고. 그러나 나의 노력은 허사였다. 억누를 수 없는 떨림이 점차 나의 온몸으로 퍼졌고, 이내 전혀 이유 없는 공포의 악몽이 나의 심장에 걸터앉았다. 나는 숨을 헐떡이고 팔다리를 버둥거려 악몽을 떨쳐내면서 몸을 일으켰고, 짙은 어둠 속을 진지하게 바라보며 — 왜 그랬는지는 모르겠다, 다만 본능적인 영혼이 그렇게 하라고 재촉했다는 것밖에는 — 폭풍이 잠잠해진 틈을 타고 이따금씩 들려오는 낮고 불분명한 소리에 귀를 기울였다. 어디에서 나는 소리인지는 몰랐다. 나는 설명할 수 없지만 견딜 수 없는 강렬한 공포에 압도된 채 서둘러 옷을 입었고(그 밤에 더는 잠들 수 없으리라고 느꼈다) 내가 처한 가련한 상황에서 나 자신을 깨우기 위해서 빠른 걸음으로 방 안을 서성거렸다.

그런 식으로 두세 번 방향을 바꿨을 때, 인접한 계단에서 나는 작은 발자국소리가 나의 주의를 사로잡았다. 어셔의 발소리라는 것을 곧 알아차렸다. 다음 순간 그가 문을 부드럽게 두드린 다음 등을 들고 들어왔다. 늘 그랬듯이 그의 얼굴은 시체처럼 창백했다. 하지만 그의 눈에 광인의 유쾌함이랄 만한 것이, 그의 태도 전체에 억누른 기색이 역력한 흥분이 서려있었다. 나는 그의 모습에 소스라쳐 놀랐지만, 그토록 오래 감내한 외로움보다 못한 것은 없었으므로 그의 존재를 구원으로 반기기까지 했다.

"못 봤어?" 잠깐 동안 조용히 주위를 둘러본 그가 불현듯 말했다. "넌 못 본 거야? 잠깐 기다려! 보게 될 테니까." 그러면서 그는 조심스럽게 등을 가리고 서둘러 창가로 가서 폭풍을 향해 창을 활짝 열어젖혔다.

돌풍이 세차게 들이닥쳐 우리를 거의 공중에 띄웠다. 정말이지 비바람이 몰아치지만 엄숙할 정도로 아름다운 밤이었다. 너무나 특이한 공포와 아름다움이 충만한 밤. 바람의 방향이 자주 격하게 바뀌는 것을 보니, 회오리바람이 우리 근처에서 힘을 모으는 듯했다. 구름들은 (그 집의 원형 탑들을 짓누를 듯이 낮게 드리웠다) 지나치리만큼 빽빽했지만, 우리는 그 구름들이 먼 곳으로 흘러가지 않고 모든 방향에서 서로를 향해 살아있는 듯한 속도로 질주하는 것을 볼 수 있었다. 구름들이 정말 지나치리만큼 빽빽했는데도 우리는 그런 움직임을 볼 수 있었다. 하지만 달이나 별은 흔적조차 없었다. 번득이는 번개조차 없었다. 그러나 흥분한 수증기로 이루어진 그 거대한 덩어리들의 아래 표면과 우리 근처 속세의 온갖 사물은 그 저택을 감싸고 떠도는 배출가스가 발하는 은은하면서도 뚜렷한 빛을 받아 반짝이고 있었다.

"보면 안 돼, 보지 마!" 내가 몸서리치며 어셔에게 말했다. 그러면서 나는 부드러운 강제력으로 그를 창가에서 의자로 이끌었다. "너를 어리둥절하게 만드는 이 현상들은 그저 전기

현상일 뿐이야. 흔한 현상이란 말이야. 아니면 못에 우글거리는 독기에서 비롯된 현상일 테고. 창문을 닫자. 공기가 너한테 차고 위험해. 아하, 여기에 네가 좋아하는 소설이 있네. 내가 읽을 테니 들어봐. 그러면서 우리 이 끔찍한 밤을 함께 보내기로 하자."

내가 집어든 오래된 책은 론실럿 캐닝 경의《미친 트라이스트》였다. 나는 어셔가 그 소설을 좋아한다고 말했지만, 그 말은 진심이라기보다 씁쓸한 농담이었다. 사실 투박하고 빈약하고 장황한 그 작품에는 당당하고 숭고한 이상주의자인 내 친구의 관심을 끌 만한 것이 거의 없었다. 하지만 당장 손에 잡히는 책은 그것뿐이었고, 나는 그 극도로 우둔한 이야기가 지금 그 건강염려증환자를 뒤흔드는 흥분을 가라앉힐지도 모른다는 (정신장애의 역사에는 그런 식의 예외적인 사건들이 가득하니까) 막연한 희망을 품었다. 실제로, 겉모습만 그랬건 진짜로 그랬건 간에 그는 야성적인 의욕이 넘치는 태도로 경청했다. 만약 내가 그 모습을 보고 판단했더라면, 계획이 성공적이라며 자축해도 좋았을 것이다 나는 그 소설에서 트라이스트의 영웅 에델레드가 은둔자의 거처에 평화롭게 들어가려다가 실패하고서 힘으로 진입하는 유명한 대목에 이르렀다. 다들 기억하겠지만, 그 대목은 이러하다.

"천성적으로 용맹한 심장을 지녔으며 게다가 그 포도주를 마신 덕분에 이제 강력해진 에델레드는 은둔자와 협상하기 위해 기다리지 않았다. 정말이지 그 은둔자는 완고하고 악의적이었다. 에델레드는 빗방울이 어깨에 떨어지는 것을 느끼고 거세지는 비바람을 염려하면서 몽둥이를 한껏 들어올렸고, 세차게 후려쳐 문의 판자에 장갑을 낀 그의 손이 들어갈 틈을 신속하게 만들었다. 그런 다음에 그 틈을 힘껏 벌려 깨뜨리고 찢어 문을 완전히 박살냈다. 마른 목재가 부서지는 둔탁한 소리가 숲 전체에 울리고 되울렸다."

이 문장을 다 읽고서 나는 잠시 멈췄다. 무슨 소리를 들은 것 같아서였다(물론 곧바로 나의 흥분한 상상력이 착각을 일으켰다고 결론지었지만 말이다). 그 저택의 아주 먼 구석에서, 론실럿 경이 아주 특별하게 묘사한 바로 그 깨지고 찢어지는 소리와 매우 유사한 메아리가 (정말 약하고 흐릿한 반향이었다) 불분명하게 들려온 것 같았다. 나의 주의를 사로잡았던 것은 의심할 바 없이 오로지 그 우연의 일치였다. 창틀이 덜거덕거리고 여전히 거세지는 폭풍의 평범한 소음까지 뒤섞인 와중에 그 소리는, 그 소리 자체는 분명 나의 관심을 끌 만하지도 않았고 귀에 거슬릴 만하지도 않았으니까 말이다. 나는 계속 소설을 읽었다.

"그러나 이제 문 안으로 들어선 선량한 용사 에덜레드는 악한 은둔자가 흔적조차 없는 것을 보고 놀라움과 쓰라린 분노를 느꼈다. 은둔자 대신에, 비늘로 덮였으며 표정이 기괴하고 불타는 혓바닥을 날름거리는 용이 바닥이 은으로 된 황금 궁전 앞을 지키고 있었다. 그리고 벽에 아래와 같은 문구가 새겨진 반짝이는 놋쇠 방패가 걸려 있었다.

'여기 들어온 자 궤를 얻으리요
용을 죽이는 자 방패를 얻으리라.'

"에덜레드는 몽둥이를 치켜들어 용의 대가리를 때렸고, 용은 그의 앞에 고꾸라져 지독하게 불쾌하고 소름끼치는데다가 매우 날카로운 비명을 지르며 징그러운 숨을 거뒀다. 에덜레드는 그 끔직한 소음에 맞서 부득이하게 손으로 귀를 막았다. 그런 종류의 소리는 들어본 적이 없었다."

이 대목에서 나는 또 갑자기 낭독을 중단했다. 걷잡을 수 없이 당황스러웠다. 이번에는, 그 소리가 무엇이건 간에 실제로 들렸다.(어디에서 난 소리인지 판단하기는 불가능했다.) 먼 곳에서 난 듯 작지만 불쾌하고 길고 매우 특이한 비명 소리 혹은 삐걱거리는 소리. 방금 나의 상상력이 소설가의 묘사에 따라 용의 부자연스런 비명으로 떠올린 것과 똑같은 소리였다.

정말이지 나는 매우 이례적인 이 두 번째 우연의 일치에 압도되었지만, 놀람과 극도의 공포가 주성분인 무수한 상반된 감정들을 느끼면서도 내 친구의 예민한 신경을 흥분시키지 않으려고 정신을 다잡았다. 어느 모로 보나 그는 흥분한 것 같지 않았다. 나는 그가 문제의 소리를 알아챘다는 확신을 전혀 가질 수 없었다. 물론 지난 몇 분 동안에 그의 행동은 확실히 이상하게 변했지만 말이다. 그는 나를 마주보고 있었지만 점차 의자를 돌려 방문을 향해 앉아 있었다. 그래서 나는 그의 표정을 반만 볼 수 있었다. 그럼에도 그의 입술이 마치 들리지 않게 중얼거리듯이 꿈틀대는 것이 보였다. 그의 머리는 가슴을 향해 숙여져 있었다. 하지만 나는 그가 잠들지 않았다는 것을 알아챘다. 옆모습으로 흘끗 본 그의 눈이 크게 열린 채 굳어있었다. 그의 몸동작 역시 그가 잠들었다는 생각을 반박했다. 그는 완만하지만 일정하고 한결같은 리듬으로 상체를 좌우로 흔들었다. 이 모든 것을 재빨리 알아챈 나는 다시 론실럿 경의 이야기를 읽기 시작했다. 이렇게 이어지는 이야기였다.

"이제 끔찍하게 사나운 용에게서 벗어난 용사는 놋쇠 방패와 거기에 적힌 마법을 깨뜨릴 생각을 하면서 시체를 치우고 은으로 된 바닥을 밟으며 방패가 걸린 벽으로 늠름하게 다가갔다. 그러자 맹세하노니 그 방패는 그가 완전히 다가오기도 전에 그의 발 앞의 은 바닥에 떨어지며 요란하고 시끄러운 쨍과리소리를 냈다."

이 음절들이 내 입술을 떠나기 무섭게 — 바로 그 순간 놋쇠 방패가 은 바닥에 세차게 떨어지기라도 한 듯이 — 나는 또렷하고 공허하며 새나가지 않게 죽인 듯한 금속성 울림을 감지했다. 나는 당황할 대로 당황하여 벌떡 일어났지만, 어셔의 한결같은 흔들기 동작은 그대로 유지되었다. 나는 그가 앉은 의자로 달려갔다. 그의 눈은 앞의 바닥에 고정되어 있었고, 그의 표정 전체는 돌처럼 굳어 있었다. 그러나 내가 그의 어깨에 손을 얹자, 그의 온몸이 부들부들 떨리기 시작했다. 그의 입술 주위에 병적인 미소가 꿈틀거렸고, 나는 그가 나를 의식하지도 못한 듯이 느릿느릿 작게 알아들을 수 없는 말을 중얼거리는 것을 보았다. 나는 그의 얼굴 가까이로 몸을 숙였고, 마침내 그의 말에 담긴 소름끼치는 의미를 빨아들였다.

"안 들려? 그래, 난 들려, 듣고 있었어. 오래 — 오래 — 오래 — 숱한 순간, 숱한 시간, 숱한 날에 들었어 — 하지만 감히 — 아아, 난 불쌍한 놈이야, 가련하고 비열한 놈이야! — 감히 — 감히 말할 수 없었어! 우리가 그녀를 산 채로 무덤에 넣었어! 내 감각이 예민하다고 말했었지? 이제야 말하지만 난 그녀가 텅 빈 관 속에서 처음으로 약간 움직이는 소리도 들었어. 들었단 말이야 — 숱하디 숱한 날들 전에 — 하지만 감히 — 감히 말하지 못했어! 그런데 지금 — 이 밤에 — 에덜레드 — 히히히히! — 은둔자의 문이 부서져, 용이 죽으면서 비명을 질러, 또 방패가 떨어지는 소리! — 그러니까 말이야, 그녀의 관이 박살나고 감옥문의 철제 경첩이 삐걱거리고, 그녀가 지하실의 구리 벽 아치 통로에서 버둥거려! 아아, 난 어디로 달아나지? 그녀가 당장 들이닥치지 않을까? 나의 경솔함을 나무라려고 서두르고 있지 않을까? 그녀가 계단을 오르는 발소리가 들리지 않았나? 그녀의 심장이 묵직하고 끔찍하게 박동하는 소리가 들리는 거 아냐? 이런 미친놈!" 이 대목에서 그는 격노하여 벌떡 일어났고, 마치 자신의 영혼을 포기하려 애쓰는 사람처럼 날카로운 비명으로 외쳤다. "미친놈! 그녀가 지금 문앞에 서있어!"

초인적인 에너지가 실린 그의 외침이 주문의 힘을 발휘하기라도 한 듯이, 그가 가리킨 거대하고 오래된 문짝들이 천천히 뒤로 물러남과 동시에 육중하고 칠흑 같은 아가리가 벌어졌다. 몰아친 돌풍 때문에 생긴 일이었지만, 문짝들이 물러선 자리에 정말로 어셔 가의 메이들라인 양이 수의를 입은 채 우뚝 서있었다. 그녀의 흰 옷에 핏자국이 있었고, 그녀의 야윈

몸 곳곳에 처절하게 버둥거린 흔적이 있었다. 그녀는 잠시 문턱 위에서 떨며 휘청거렸다. 그러더니 긴 신음소리를 내면서 방 안의 남자형제 쪽으로 거칠게 쓰러졌다. 바닥에는 시체 한 구, 그리고 그 남자형제가 이미 예상했던 공포에 질린 한 사람이 남았다.

나는 혼비백산하여 방을 빠져나오고 저택을 빠져나왔다. 내가 그 오래된 돌길을 정신없이 지나는 동안에도 폭풍이 사방에서 미친 듯이 불었다. 갑자기 그 좁은 길에 강렬한 빛이 드리웠고, 나는 그 기이한 빛이 어디에서 나오는지 보려고 고개를 돌렸다. 내 뒤에는 거대한 집과 그것의 그림자만 있었으니까 말이다. 그 광선은 피처럼 붉은 빛으로 지고 있는 보름달에서 나온 것이었다. 내가 전에 건물의 지붕에서부터 지그재그로 바닥까지 이어졌다고 말한 균열, 과거에는 겨우 눈에 띌 정도였던 그 균열로 달빛이 선명하게 새어 나오고 있었다. 내가 바라보는 동안, 균열은 신속하게 벌어졌다. 격렬한 회오리바람이 일었고, 둥근 달 전체가 내 눈앞에서 한꺼번에 폭발했다 — 육중한 벽들이 무너져 내리는 것을 보면서 나는 현기증을 느꼈다. 무수한 강물이 내는 것처럼 길고 요란한 외침이 있었고 — 내 발 앞의 깊고 음침한 못은 "어셔 가"의 잔해로 말없이 시무룩하게 메워졌다.

붉은 죽음의 가면

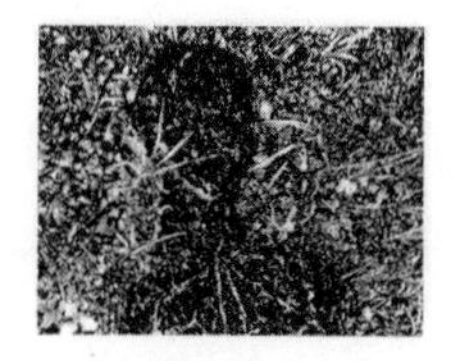

"붉은 죽음"이 오래전부터 온 나라를 휩쓸었다. 이제껏 그렇게 치명적이거나 그렇게 무시무시한 전염병은 없었다. 피는 놈의 상징, 놈의 도장이었다. 피의 붉은색과 공포. 극심한 통증과 갑작스런 현기증이 일어났고, 이어서 온몸의 구멍으로 피가 쏟아지면서 죽음에 이르렀다. 희생자의 몸과 특히 얼굴에 생긴 진홍색 얼룩은 놈의 저주였고, 희생자를 동료 인간들의 도움과 연민으로부터 격리시켰다. 발작이 일어나 진행되고 죽음으로 종결되는 데 걸리는 시간은 반 시간에 불과했다.

그러나 프로스페로 공작은 행복하고 용감하고 현명했다.

영토의 인구가 반으로 줄었을 때 그는 궁정의 기사와 귀부인 중에서 건강하고 태평한 친구들을 다수 소집하여 그들과 함께 성벽을 두른 저택에 깊이 은둔했다. 크고 웅장한 그 건물은 군주 자신의 유별나지만 당당한 취향의 산물이었다. 튼튼하고 높은 장벽이 그 건물을 둘러쌌다. 장벽에는 철제 성문이 있었다. 문안에 들어선 궁정 사람들은 도가니와 큼직한 망치를 동원하여 빗장을 용접했다. 그들은 내부에서 갑자기 충동적인 절망이나 혼란이 발생하더라도 밖으로 나가거나 안으로 들어올 길을 남겨두지 않기로 했다. 저택에는 풍부한 식량이 있었다. 이런 예방조치를 취한 궁정 사람들은 감염에 저항할 수 있을 것 같았다. 외부 세계는 스스로 자신을 돌볼 수 있을 것이었다. 생각하는 것이나 슬퍼하는 것은 어느새 어리석은 짓이었다. 군주는 온갖 쾌락을 제공했다. 어릿광대들이 있었고, 즉흥시인들이 있었으며, 발레 무용수들과 악사들, 미녀와 술이 있었다. 이 모든 것과 안전이 내부에 있었다. "붉은 죽음"은 외부에 있었다.

은둔한 지 대여섯 달이 되어갈 무렵, 전염병이 가장 심하게 창궐하고 있을 때, 프로스페로 공작은 수많은 친구들을 위해 정말 드물게 웅장한 가장무도회를 열었다.

사치스럽고 향락적이었던 그 가장무도회의 광경. 하지만 먼저 무도회가 열린 공간부터 이야기해야겠다. 일곱 개의 방이 있었다. 장엄한 전체를 이룬 그 방들. 많은 궁전에서 그런 전체는 길고 곧은 형태이다. 이때 방들 사이의 접이식문은 측면 벽 근처까지 밀리기 때문에, 전체 광경을 보는 데 거의 지장이 없다. 그러나 엉뚱함을 좋아하는 공작의 취향에서 예상했을지 모르지만, 가장무도회가 열린 공간은 전혀 달랐다. 방들이 매우 불규칙적으로 배치되어서 한 번에 방 하나 남짓밖에는 볼 수 없었다. 이삼십 미터마다 모퉁이가 있었고, 모퉁이를 돌 때마다 새로운 광경이 펼쳐졌다. 모든 좌우 벽의 중앙에는 길고 좁은 고딕풍의 창이 방들의 윤곽을 따라 이어진 폐쇄된 복도를 향해 뚫려있었다. 그 창들은 스테인드글라스로 이루어졌으며, 색깔은 방을 꾸미는 데 주로 쓰인 색조에 맞춰 다양했다. 예컨대 동쪽 끝에 있는 방은 파란색으로 도배되었는데, 그 방의 창들은 선명한 파란색이었다. 두 번째 방은 장식이 자주색이었고 창들도 자주색이었다. 세 번째 방은 온통 녹색이었으니, 창들도 녹색이었다. 네 번째 방은 가구와 조명이 오렌지색이었으며, 다섯 번째 방과 여섯 번째 방의 가구와 조명은 각각 흰색과 보라색이었다. 일곱 번째 방은 검은 벨벳 양탄자들로 빈틈없이 둘러싸여 있었다. 천장 전체와 벽을 뒤덮은 그 양탄자들은 굵은 주름을 이루며 똑같은 재료와 색깔로 된 바닥 카펫까지 늘어졌다. 그러나 유독 이 방만은 창과 장식의 색깔이 일치하지 않았다. 창들은 진홍색이었다. 짙은 피의 색깔. 그런데 일곱 개의 방 가운데 어디에도 등이나 촛대는 없었다. 수많은 황금 장식품들이 여기저기 놓이거나 천장에 매달려 있었지만 말이다. 그 방들이 이룬 전체의 내부에는 등이나 초에서 나오는 빛이 전혀 없었다. 그러나 그 전체의 윤곽을 따라 이어진 복도에 삼각대로 받친 화로가 방으로 뚫린 각각의 창 앞에 있었다. 그 화로들의 불빛이 색유리를 투과하여 방을 현란하게 조명했다. 그리하여 화려하고 환상적이며 다채로운 광경이 만들어졌다. 하지만 서쪽 방, 그러니까 검은색 방에서는 핏빛 창을 투과하여 검은 벽에 드리운 불빛의 효과가 극도로 으스스했고, 그 방에 들어선 사람들의 표정을 매우 기괴하게 변형시켰다. 그래서 감히 그 방 근처에라도 발을 들이는 사람이 거의 없었다.

또 바로 그 방의 서쪽 벽에 흑단으로 된 거대한 시계가 놓여있었다. 시계추는 둔탁하고 묵직하고 단조로운 소리를 내며 흔들렸으며, 분침이 한 바퀴를 돌아 시간을 알릴 때가 되면 시계의 놋쇠 가슴통에서 크고 깊고 맑으며 대단히 음악적인 소리가 났다. 하지만 그 소리는 음높이와 악센트가 아주 독특해서, 오케스트라의 악사들은 한 시간마다 잠시 연주를 중단하고 그 소리에 귀를 기울이지 않을 수 없었다. 그리하여 왈츠를 추던 사람들도 별 수 없이 회전을 멈췄고, 온통 유쾌한 잔치는 잠깐 삐걱거렸다. 그렇게 시계의 종소리가 울리는 동안, 가장 경박한 자들은 창백해졌고, 비교적 노숙하고 침착한 자들은 혼란스런 몽상이나 명상에 잠긴 듯 손을 이마에 댔다. 그러나 그 소리가 완전히 그치면 밝은 웃음이 순식간에 두루 퍼졌다. 악사들은 서로를 바라보며 자신들의 불안과 어리석음을 비웃는 듯이 미소를 지었고, 각자 상대방에게 다음번 시계 소리는 이와 유사한 감정을 불러일으키지 못할 것이라는 맹세를 속삭였다. 그리고 60분이 지나면 (그러니까 쏜살같이 지나가는 1초가 3600번 지나면) 또 다시 시계 소리가 울렸고, 방금 전과 다름없는 혼란과 동요와 명상이 재현되었다.

하지만 이런 문제들에도 불구하고, 유쾌하고 장엄한 잔치였다. 공작의 취향은 독특했다. 그는 색깔과 그 효과를 보는 눈이 예리했다. 그는 단지 유행에 따른 장식을 무시했다. 그의 계획은 과감하고 열정적이었으며, 그의 생각은 야성적인 광채를 번득였다. 그가 미쳤다고 생각할 사람도 있겠지만, 그의 추종자들은 그렇게 느끼지 않았다. 그가 미치지 않았다는 것을 확신하려면 반드시 그를 보고 만지고 그의 말을 들어야 했다.

그는 이 거창한 잔치를 맞아 움직일 수 있는 장식품을 일곱 개의 방에 배치하는 일을 대체로 직접 지휘했다. 그렇게 지휘하기를 좋아하는 공작 특유의 취향은 가장무도회 참가자들의 특징도 결정했다. 그들은 확실히 기괴했다. 눈부시고 번쩍거리고 아찔하고 환상적이었다. 그때 이후《에르나니Hernani》*에서 등장한 많은 것들이 있었다. 어울리지 않는 곁가지와 장식이 달린 아라베스크 무늬들이 있었다. 미친놈처럼 날뛰는 환상들이 있었다. 많은 아름다움, 많은 터무니없음, 많은 기괴함, 어느 정도의 끔찍함, 그리고 역겨움을 유발할 만한 것들도 적잖이 있었다.

일곱 개의 방에 정말이지 다채로운 꿈들이 어슬렁거렸다. 그것들, 그 꿈들은 방의 색조를 띠고 안팎으로 몸부림치며 오케스트라의 날뛰는 음악이 발자국소리의 메아리처럼 느껴지게 만들었다. 이윽고 벨벳으로 뒤덮인 방에서 흑단 시계가 종을 친다. 일순 모든 것이 정지한다. 시계의 소리만 빼고 모든 것이 고요하다. 꿈들은 선 채로 얼어붙었다. 하지만 종소리의 메아리는 잦아들고 — 고작 한순간만 지속되었다 — 떠나는 종소리의 뒤를 이어 약간 억누른 밝은 웃음이 떠다닌다. 이제 다시 음악이 부풀어 오르고, 꿈들이 살아나 전보다 더 쾌활하게 몸부림친다. 몸부림치는 꿈들이 화로의 불빛을 투과시키는 창들의 다양한 색깔에 물든다. 그러나 지금 일곱 개의 방 중에서 가장 서쪽에 위치한 방에 감히 들어가는 사람은 아무도 없다. 밤이 지나가고 있기 때문이다. 그 방에는 핏빛 창들로 시뻘건 빛이 흘러들고 매끄러운 휘장의 새까만 색깔이 섬뜩하기 때문이다. 그곳의 검은 카펫에 발을 디디면, 근처의 흑

---

* 빅토르 위고의 희곡 — 옮긴이.

단 시계에서 나는 낮은 종소리가 멀찌감치 떨어진 다른 방에서 환락에 탐닉하는 자들의 귀에 들리는 것보다 더 엄숙하게 강조될 것이기 때문이다.

하지만 다른 방들에는 사람들이 빽빽이 들어찼고 생명의 심장이 열광적으로 박동했다. 그렇게 계속 흥겨움이 소용돌이쳤고, 이내 시계가 자정을 알리는 종소리를 울렸다. 그러자 내가 말한 대로 음악이 멈췄다. 왈츠를 추던 사람들이 고요해졌다. 전에처럼 모든 것이 엉거주춤 중단되었다. 하지만 이번에는 종소리가 열두 번 울려야 했다. 아마도 그래서 더 긴 시간 동안 더 많은 생각이, 흥청거리는 자들 중에서 비교적 사려 깊은 사람들의 명상 속으로 기어들었다. 또 아마도 그래서, 마지막 종소리가 완전히 잦아들기 전에, 군중 속의 많은 개인들이 이제껏 누구의 관심도 받지 못한 한 인물의 존재를 알아차릴 여유를 가졌다. 가면을 쓴 그 새로운 존재에 대한 수군거림이 두루 퍼졌고, 이내 무리 전체가 웅성거렸고 중얼거렸고 비난과 놀람을 — 결국엔 공포와 불쾌감과 역겨움을 표현했다.

내가 묘사한 그런 환상적인 모임에서는 어떤 평범한 복장도 그토록 큰 소동을 일으키지 못하리라고 예상할 수 있을 것이다. 실제로 그 밤에 허용된 복장은 거의 무제한이었다. 그러나 문제의 인물은 잔혹한 헤롯을 능가했다. 공작의 한정 없는 아량이 미치는 한계조차 벗어났다. 가장 거침없는 자들의 가슴 속에 있는 심금(心琴)은 감정을 자극해야만 건드릴 수 있다. 삶이나 죽음이나 똑같이 농담으로 여기는 철저한 실패자들에게도 농담할 수 없는 사안들이 있기 마련이다. 실제로 이제 무리 전체는 그 낯선 인물의 복장과 태도에 아무런 재치도 예절도 없다는 것을 가슴 깊이 느끼는 듯했다. 그 인물은 키가 크고 여위었으며 머리부터 발끝까지 온몸을 무덤 속의 복장으로 휘감았다. 얼굴을 가린 가면은 꼼꼼히 살펴봐야 간신히 알아챌 정도로 미묘하게, 굳어진 시체의 표정을 흉내 냈다. 하지만 미친 듯이 흥청거리던 주위 사람들은 이 모든 것을, 좋아하지는 않더라도 참아줄 수 있었을 것이다. 그러나 그 인물은 심지어 붉은 죽음의 상징으로 자처하기까지 했다. 그 인물의 옷에 피가 흥건했다. 그 인물의 넓은 이마에 진홍색 공포의 얼룩이 흩뿌려져 있었다.

프로스페로 공작의 눈에 이 유령 같은 형상이 (그 형상은 제 역할을 더 완벽하게 해내려는 듯이 엄숙하고 느린 동작으로 춤추는 사람들 사이를 어슬렁거렸다) 포착되었을 때, 사람들은 공작이 몸부림치는 것을 보았다. 처음에는 공포나 혐오에서 비롯된 강렬한 떨림이었지만, 나중에는 공작의 이마가 분노로 붉어졌다.

"감히 어떤 놈이냐?" 그는 그 인물 근처에 서있는 사람들에게 목쉰 소리로 다그쳤다. "감히 누가 이런 불손한 짓거리로 우리를 모욕하는가? 놈을 잡아서 가면을 벗겨라. 해뜰 녘에 성탑에서 교수형에 처해야 마땅한 저 놈이 과연 누구인지 알아야겠다."

이 말을 내뱉었을 때 프로스페로 공작은 동쪽 방, 그러니까 파란색 방에 있었다. 그는 과감하고 다부진 사내였고, 음악은 이미 그의 손짓에 의해 조용해져 있었으므로, 그의 말은 일곱 개의 방 전체에 크고 선명하게 울려 퍼졌다.

공작이 한 때의 창백한 사람들과 함께 서있던 곳은 파란색 방이었다. 그가 말하자 처음에는 그 사람들이 침입자를 향해 달려가는 움직임이 약간 일어났다. 그때 침입자는 바로 그 근처에 있었으며, 이제는 신중하고 당당한 걸음으로 공작에게 다가왔다. 그러나 그 인물에 대한 미친 억측으로 인해 무리 전체에 만연한 이름 모를 두려움 때문에 아무도 그를 잡으려고 손을 내밀지 못했다. 그리하여 그는 방해받지 않고 공작에게 1미터 이내로 접근했다. 그리고 그 큰 무리가 마치 순간적인 충격력을 받아서 그러는 것처럼 방들의 중심으로부터 가장자리로 물러나는 동안, 그는 꾸준하게 그러나 처음부터 눈에 띈 엄숙하고 일정한 걸음으로 파란색 방을 지나 자주색 방으로, 자주색 방을 지나 녹색 방으로, 녹색 방을 지나 오렌지 색 방으로, 다시 그 방을 지나 흰색 방으로, 또 거기에서 보라색 방으로 나아갔고, 결국 그를 체포하기 위한 단호한 행동이 이루어졌다. 바로 그때였다. 분노와 그 자신의 일시적인 움츠림에 대한 수치심으로 미칠 지경이 된 프로스페로 공작이 황급히 내달려 여섯 개의 방을 지났고, 모두를 사로잡은 죽음의 공포 때문에 아무도 그를 따르지 않았다. 그가 단검을 뽑아 치켜든 채로 멀어지는 인물에게 서너 걸음 이내로 성급하게 접근했을 때, 벨벳 방의 끄트머리에 도달한 그 인물이 갑자기 몸을 돌려 자기를 쫓는 자와 맞섰다. 날카로운 비명이 울렸고, 단검이 반짝이며 새까만 카펫 위로 떨어졌다. 이어서 곧바로 프로스페로 공작이 죽어 고꾸라졌다. 그러자 흥청거리던 한 떼가 절망에서 비롯된 야성적인 용기로 한꺼번에 검은 방으로 달려들어 그 인물을 붙잡았다. 그의 키 큰 형상은 흑단 시계의 그림자 속에 미동도 없이 곧추서있었고, 그들은 자기네가 거칠게 잡아챈 수의와 시체를 닮은 가면 속에 손에 잡히는 것이 아무것도 없음을 발견하고서 이루 말할 수 없는 공포로 헐떡거렸다.

그렇게 붉은 죽음은 존재를 인정받았다. 그는 밤에 도둑처럼 왔다. 흥청거리던 사람들은 자기네가 잔치를 벌였던 핏물 흥건한 방들에서 하나씩 쓰러졌고, 그렇게 절망적으로 쓰러진 자세로 죽었다. 흑단 시계의 생명은 마지막 쾌락의 생명과 함께 끝났다. 삼각대 위에 얹힌 화로의 불은 꺼졌다. 그리고 어둠과 부패와 붉은 죽음이 모든 것을 한없이 지배했다.

모르그 가 살인사건

세이렌들이 무슨 노래를 불렀는가, 혹은 여자들 사이로 숨어든 아킬레우스가 무슨 이름을 꾸며냈는가는 까다로운 질문들이긴 하지만 모든 추측의 한계 너머에 있는 것은 아니다.

— 토머스 브라운 경, 〈옹관묘 Urn Burial〉에서 —

정신이 지닌 이른바 분석적 특성 그 자체는 거의 분석을 허용하지 않는다. 우리는 그 특성의 효과를 대면하고서야 그것의 진가를 인정한다. 이를테면 우리는 그 특성이 언제나 그 소유자에게 생생한 즐거움의 원천이라는 것을 안다. 힘센 사람이 자신의 신체적 능력에 환호하고 근육을 움직이는 훈련을 즐기듯이, 분석가는 풀어헤치는 정신적 활동을 뽐낸다. 그는 자신의 재능을 아주 사소한 일거리에 발휘하면서도 기쁨을 느낀다. 수수께끼와 난해한 문제와 상형문자를 좋아하며, 각각의 해답을 통하여 평범한 이해력을 지닌 사람에게는 불가사의하게 보일 정도의 통찰력을 드러낸다. 방법의 본질과 정수(精髓)에서 비롯된 분석가의 결론들은 정말이지 어느 모로 보나 직관인 것처럼 보인다. 다시풀기 능력은 수학 공부를 통해서 많이 강화될 수 있다. 특히 수학의 최고 분야이며 부당하게도 단지 거슬러 올라가는 절차를 사용한다는 이유만으로 마치 탁월한 분석인 양 해석학(분석, analysis)이라고 명명된 분야를 공부하면 많이 강화될 수 있다. 하지만 계산 그 자체는 분석이 아니다. 예컨대 체스를 두는 사람은 계산하지만 분석하려 애쓰지 않는다. 그러니까 사람들은 체스 게임이 정신에 미치는 효과를 대단히 오해하고 있는 셈이다. 나는 지금 논문을 쓰는 것이 아니라, 단지 어떤 기이한 이야기에 앞서 매우 무작위한 언급들을 서론 삼아 늘어놓는 중이다. 그러므로 이 기회에 다음과 같이 단언하려 한다. 반성적인 지능의 고등한 능력에게 맡길 만한 더 확실하고 유용한 과제는 교묘하고 경박한 체스의 온갖 술수가 아니라 수수한 체커checker 게임이다. 다양하고 가변적인 가치를 지닌 말들이 이런저런 방식으로 기묘하게 움직이는 체스에서는 단지 복잡한 것이 심오한 것으로 오해된다(이것은 드물지 않은 오류이다). 체스는 강한 주의집중을 요구한다. 한순간이라도 방심하면 무언가를 간과하여 손실이나 패배를 당한다. 가능한 행마는 다양할 뿐 아니라 얽혀있으므로, 그런 부주의를 범할 가능성은 몇 곱으로 커

진다. 열 판에 아홉 판은 더 총명한 사람이 아니라 더 집중하는 사람이 이긴다. 반면에 체커 게임에서는 행마가 유일무이하고 변화도 거의 없어서, 부주의를 범할 가능성이 줄어들고, 단순한 주의집중은 상대적으로 덜 쓰인다. 어느 편이 이득을 취하든, 그 이득은 우월한 통찰력에서 비롯된다. 구체적인 예로 어떤 체커 게임에서 남은 말이 네 개의 킹뿐이라고 해보자. 당연한 말이지만, 이 경우에 부주의는 기대할 수 없다. 승부는 오로지 (두 참가자가 대등하다면) 모종의 절묘한 행마에 의해서만, 모종의 강력한 지능 발휘에 의해서만 갈릴 수 있다. 평소에 의지하던 수단이 전무한 상태에서 분석가는 자기를 상대방의 정신 속으로 던져 자기와 상대방을 똑같게 만든다. 그리하여 상대방의 오류를 유발하거나 계산 실수를 다그칠 유일한 방법(때로는 정말 어처구니없이 간단한 방법)을 단번에 깨닫는다.

휘스트whist*는 오래전부터 이른바 계산 능력을 향상시키는 게임으로 유명하다. 최고의 지능을 지닌 사람들은 체스를 천박한 게임으로 여겨 기피하면서도 휘스트에 까닭모를 즐거움을 느낀다고 한다. 의심할 바 없이, 휘스트처럼 분석 능력을 많이 요구하는 게임은 없다. 기독교세계 최고의 체스 선수는 최고의 체스 선수에 머물지 않고 그보다 약간 더 뛰어날 수도

* 카드놀이의 일종 — 옮긴이.

있다. 반면에 휘스트에 능숙하다는 것은 정신이 정신과 겨루는 더 중요한 모든 일에서 성공할 능력이 있다는 것을 의미한다. 이때 능숙함이란 완벽함인데, 거기에는 합법적인 이득의 출처가 될 만한 모든 요소들에 대한 포괄적인 이해가 포함된다. 그 요소들은 많을 뿐 아니라 여러 형태이며 평범한 이해력으로는 전혀 접근할 수 없는 구석진 곳에 있을 때가 많다. 주의 깊게 관찰한다는 것은 명시적으로 기억한다는 것이며, 그런 한에서 집중력 있는 체스 선수는 휘스트도 아주 잘 할 것이다. 다른 한편, 호일의 규칙들(단지 게임의 메커니즘에 기반을 둔 규칙들이다)은 누구나 충분히 이해할 수 있다. 그래서 보통 사람들은 좋은 기억력과 "카드 여섯 장 갖추기"원리에 따른 진행을 휘스트에서 승리하기 위한 조건의 전부라고 여긴다. 그러나 분석가의 솜씨는 한갓 규칙의 한계 너머에서 드러난다. 분석가는 말없이 수많은 관찰과 추론을 한다. 아마 상대방도 그렇게 할 것이다. 또한 입수한 정보의 양은 추론의 타당성에 그다지 영향을 미치지 못하고 오히려 관찰의 질이 영향을 미칠 것이다. 반드시 알아야 할 것은 무엇을 관찰해야 하는가이다. 우리의 분석가는 자신을 전혀 옭아매지 않는다. 게임이 목표라고 해서, 게임 외적인 것에서 추론한 결론들을 배제하지도 않는다. 그는 파트너의 표정을 살피고 상대방 각각의 표정과 면밀히 비교한다. 그는 각자의 손에 들린 카드들의 종류를 숙고한다. 사람들이 각각의 카드에 던지는 눈빛을 관찰하여 흔히 으뜸패의 개수와 최고 으뜸패의 개수를 센다. 그는 게임이 진행되는 동안 모든 표정의 변화를 포착하고, 확신하는 표정과 놀라는 표정과 의기양양한 표정과 분한 표정의 차이로부터 자본과도 같은 생각을 축적한다. 어떤 사람이 한 트릭trick*을 집어가면, 그 동작에서 그 사람이 같은 모양의 트릭을 한 번 더 집어갈 수 있을지 판단한다. 분석가는 사람들이 카드를 테이블에 던지는 방식을 통해 속임수로 던진 카드를 알아챈다. 우발적으로 또는 무심코 뱉은 말, 우연적인 카드 떨어뜨리기나 뒤집기와 잇따른 조급한 숨기기나 무관심, 트릭의 개수 세기와 배열 순서, 당황, 주저, 열의, 혹은 떨림 — 모든 것이 외견상 직관적인 분석가의 통찰력에 진정한 사태의 단서를 제공한다. 처음의 두세 판이 끝나면 그는 각자의 손에 들린 카드를 완전히 파악하게 되고, 그 다음부터 마치 나머지 사람들이 카드를 뒤집어 들고 있기라도 한 것처럼 자신의 카드를 완벽하게 목적에 맞게 내놓는다.

분석 능력을 단순한 창의력과 혼동하지 말아야 한다. 왜냐하면 분석가는 반드시 창의적인 반면, 창의적인 사람은 흔히 분석 능력이 현저히 떨어지기 때문이다. 창의력은 일반적으로 구성 혹은 종합의 능력으로 표출되는데, 골상학자들은 자

---

* 한 판에 돌리는 패. 보통 4매 — 옮긴이.

기네가 보기에 원초적인 이 능력을 별개의 기관이 담당한다고 (내가 보기에는 그릇되게) 주장한다. 아무튼 구성 혹은 종합의 능력은 다른 면에서는 거의 바보에 가까운 자들에게서도 매우 흔하게 발견된다. 이 점을 정신에 관한 글을 쓴 저자들이 보편적으로 언급할 정도다. 창의력과 분석 능력 사이에는 정말이지 공상과 상상 사이에 존재하는 것보다 훨씬 더 큰 차이가 존재한다. 그러나 그 두 능력의 성격은 매우 유사하다. 실제로 창의적인 사람은 반드시 공상적이며, 진정으로 상상력이 풍부한 사람은 반드시 분석적이라는 사실이 밝혀질 것이다.

독자도 느끼게 되겠지만, 이제부터 펼쳐질 이야기는 방금 제시한 명제들에 대한 논평의 성격을 어느 정도 띤다.

18--년 봄부터 여름의 일부까지 파리에 거주하면서 나는 C. 오귀스테 뒤팽 씨와 친분을 맺었다. 이 젊은 신사는 탁월한 가문, 정말이지 찬란한 가문 출신이었지만, 다양한 불운을 겪는 바람에 타고난 에너지가 짓눌릴 정도로 가난해졌고, 세상에서 분발하거나 정성을 쏟아 재산을 회복하기를 단념했다. 채권자들의 배려 덕분에 그는 물려받은 재산의 작은 자투리를 아직 소유하고 있었다. 그리고 그 자투리에서 발생하는 수입에 의지하고 엄격하게 절약함으로써 생활필수품들을 용케 마련했다. 사치품에 신경을 쓸 일은 없었다. 실제로 그의 유일한 사치품은 책이었는데, 파리에서는 책을 쉽게 구할 수 있었다.

우리는 몽마르트 가의 이름 없는 도서관에서 처음 만났다. 우리 둘 다 매우 희귀하고 진기한 책을 찾고 있었기 때문에 특별히 친밀하게 교류하게 되었다. 우리는 만나고 또 만났다. 나는 프랑스인이 자신에 대해서 이야기할 때면 늘 빠져드는 솔직함으로 그가 상세히 들려준 가족사에 깊은 관심을 기울였다. 또 그의 광범위한 독서에 놀랐다. 그리고 무엇보다 나는 그의 상상력에 깃든 야성적인 열정과 생생한 신선함이 나의 영혼에 불을 붙인 것을 느꼈다. 당시에 파리에서 이런저런 것들을 찾고 있던 나는 그런 사람과의 친분은 값으로 따질 수 없을 만큼 소중하리라고 느꼈고 이 느낌을 그에게 솔직히 털어놓았다. 결국 우리는 내가 그 도시에 머무는 동안 함께 살게 되었다. 그리고 나는 세속적인 형편에 있어서 그보다 약간 덜 곤궁했으므로, 그는 내가 생제르맹 구역의 외지고 쓸쓸한 곳에서 붕괴를 향해 비틀거리는 낡고 괴기스런 저택을 빌리고 우리가 공유한 괴상하고 음침한 기질에 어울리는 가구를 들여놓는 비용을 대는 것을 허락했다. 그 저택은 미신 때문에 오래전부터 방치된 폐가였는데, 어떤 미신인지 우리는 묻지 않았다.

그곳에서 우리가 영위한 일상생활이 세상에 알려졌더라면, 우리는 미친놈 취급을 받았을 것이다. 아마도 해롭지 않은 미친놈 취급이었겠지만 말이다. 우리의 은둔은 완벽했다. 우리는 방문을 허용하지 않았다. 실제로 나는 우리의 은둔 장소가 내가 전에 알던 사람들에게 알려지지 않도록 주의했고, 뒤팽의 경우에는 이미 여러 해 전부터 파리에 그를 아는 사람도, 그가 아는 사람도 없었다. 우리는 오로지 우리끼리만 존재했다.

내 친구 안에서 일어난 변덕스런 공상(달리 뭐라고 하겠는가?)은 밤 그 자체에 넋을 잃었다. 그리고 나는 그의 다른 모든 기이한 취향과 마찬가지로 이 취향에도 조용히 빠져들었다. 완벽한 포기와 짝을 이룬 그의 야성적인 변덕에 나 자신을 맡겼다. 우울의 신이 항상 우리와 함께 살지는 않을 것이었지만, 우리는 그 신의 현존을 위조할 수 있을 것이었다. 첫 아침이 밝아올 때 우리는 그 낡은 건물에 달린 지저분한 덧문을 모조리 닫고 가는 양초 한 쌍에 불을 붙였다. 양초는 강한 향기와 매우 창백하고 희미한 빛을 냈다. 그리고 그 불빛의 도움으로 우리의 영혼은 분주히 꿈에 빠져들었다. 책을 읽고, 글을 쓰고, 대화를 나누다 보면 어느새 시계가 진짜 어둠의 도래를 알렸다. 그러면 우리는 팔짱을 끼고 거리로 출격하여 낮에 하던 대화를 계속 하거나 밤늦도록 이리저리 먼 데까지 돌아다니며 붐비는 도시의 날뛰는 빛과 그늘 속에서 고요한 관찰자만이 누릴 수 있는 무한한 정신적 흥분을 추구했다.

그럴 때면 나는 뒤팽이 지닌 특별한 분석 능력에 (그가 생각이 풍부하다는 것을 알기에 이미 예상했음에도 불구하고)

주목하고 감탄하지 않을 수 없었다. 또한 그는 그 능력을 발휘하는 것을 — 드러내는 것까지 즐겼는지는 몰라도 — 의욕적으로 즐기는 것 같았고, 그 즐거움을 거리낌 없이 털어놓았다. 그는 작게 낄낄거리며 내게 자랑하기를, 대부분의 사람들은 그가 보기에 가슴에 창을 달고 있는 것과 마찬가지라고 했다. 그리고 그런 주장들에 이어서 나 자신에 대한 그의 내밀한 지식을 직설적으로 또한 매우 놀랍게 증명해 보이곤 했다. 그럴 때 그의 태도는 냉랭하고 초연했다. 그의 눈은 표정이 없었고, 평소에 기름진 테너인 그의 목소리는 최고로 높아졌다. 발음이 또렷하고 진지하지 않았더라면 화를 내는 것처럼 들릴 목소리가 되었다. 그런 그를 관찰하면서 나는 자주 이중 영혼에 관한 옛 철학을 골똘히 묵상했고, 이중의 뒤팽을 공상하며 속으로 웃었다. 창의적인 뒤팽과 풀어헤치는 뒤팽.

지금까지의 이야기를 읽고서 내가 무슨 불가사의한 일을 상세히 묘사하거나 무슨 소설을 쓰고 있다고 생각하지 마시라. 내가 그 프랑스인에 대해서 서술한 바는 단지 흥분한 혹은 아마도 병든 지능의 결과였다. 하지만 문제의 시기에 그가 한 말들의 성격이 어떠했는지 전달하려면, 예를 드는 것이 최선의 방법일 것 같다.

어느 밤에 우리는 팔래 루아얄Palais Royal 근처의 길고 지저분한 길을 걷고 있었다. 겉보기에 둘 다 생각에 잠겨 적어도

15분 동안 한마디 말도 하지 않았다. 그러다가 느닷없이 뒤팽이 이렇게 말했다.

"그 친구는 아주 작아, 정말 그렇잖아. 바리에테 극장에서라면 더 잘 할 텐데."

"여부가 있겠나." 나는 무심코 대꾸했다. 처음엔 뒤팽이 이례적인 방식으로 나의 명상에 맞장구를 쳤다는 것을 (워낙 깊이 명상에 빠져 있었기 때문에) 깨닫지 못했다. 다음 순간, 나는 정신을 차렸고 심히 놀랐다.

"뒤팽" 내가 엄숙하게 말했다. "나로서는 이해할 길이 없군. 솔직히 말해서, 놀랐어. 내 감각을 믿지 못할 지경이야. 도대체 어떻게 알아낸 거지? 내가 생각한 사람이……" 이 대목에서 내가 생각한 사람을 그가 정말로 아는지 확인하려고 말을 멈췄다.

"샹틸리잖아." 그가 말했다. "왜 말을 멈춰? 자네는 샹틸리가 왜소한 몸집 때문에 비극에 적합하지 않다는 생각을 하고 있었어."

정확히 그것이 내 명상의 주제였다. 샹틸리는 왕년에 생 데니 가의 구두장이였는데, 무대에 미쳐 크레비용의 비극 〈크세르크세스〉에서 동명 인물을 연기하려 애썼고, 그 고생의 대가로 대중적인 비웃음을 받은 것으로 유명했다.

"세상에 이럴 수가……" 내가 감탄하여 외쳤다. "방법이 있다면 말해주게. 자네가 방금 내 영혼을 어떻게 알아냈는지, 그 방법 말일세." 사실 나는 기꺼이 표현한 만큼보다 훨씬 더 놀란 상태였다.

"과일장수 때문이었지." 내 친구가 대꾸했다. "그 과일장수 때문에 자네는 그 구두장이가 키가 작아서 크세르크세스를 비롯한 무릇 영웅의 역할에 어울리지 않는다는 결론을 내렸어."

"과일장수라니? 어안이 벙벙하네 그려. 난 과일장수는 아무도 몰라."

"우리가 이 거리에 들어설 때 자네와 부딪힌 그 사내 말일세. 한 15분쯤 전이었을 걸."

나는 비로소 기억이 났다. 실제로 우리가 C 가에서 지금 우리가 서있는 도로로 들어설 때 어떤 과일장수가 머리에 커다란 사과 바구니를 이고 우연히 나와 부딪혀 내가 거의 쓰러질 뻔했었다. 하지만 그 일이 샹틸리와 무슨 상관이 있는지 나는 도통 이해할 수 없었다.

뒤팽은 허풍을 떠는 기색이 전혀 없었다. "내가 설명해주겠네." 그가 말했다. "자네가 모든 것을 명확하게 이해할 수 있도록, 우선 자네의 명상이 어떻게 진행되었는지를 되짚어보세. 그러니까 내가 자네에게 말을 건 순간부터 문제의 과일장수와 충돌한 순간까지 말일세. 자네의 명상이 사슬처럼 길게 이어졌다면 말이야, 그 사슬의 큼직한 고리들은 이렇다네. 샹틸리, 오리온, 니콜스 박사, 에피쿠로스, 석공 기술, 거리의 돌들, 과일장수."

인생을 사는 동안 자기의 정신이 특정 결론들에 도달한 과정을 되짚어보면서 재미를 느껴보지 않은 사람은 거의 없다. 그 일은 흔히 매우 흥미롭고, 처음으로 그 일을 해보는 사람은 출발점과 도착점 사이의 거리와 불일치가 외견상 무한하다는 점에 놀란다. 그러니 그 프랑스인이 방금 언급한 말을 했을 때, 그리고 내가 그의 말이 진실이라는 것을 인정할 수밖에 없었을 때, 나는 정말 이루 말할 수 없을 정도로 놀랐다. 그가 말을 이었다.

"내 기억이 맞는다면, C 가를 벗어나기 직전에 우리는 말(馬)에 대해서 이야기하고 있었네. 그게 우리의 마지막 이야깃거리였지. 우리가 모퉁이를 돌아 이 거리에 들어설 때, 머리에 커다란 바구니를 인 과일장수가 빠르게 우리를 스쳐 지나면서 자네를 포장도로 보수지점에 쌓아둔 돌 더미 위로 떠밀었어. 자네는 허술한 파편들 위로 발을 디뎠고, 미끄러지면서 발목을 약간 삐었네. 이어서 화가 난 건지 뿌루퉁한 건지 그런 표정으로 몇 마디 중얼거리더니, 고개를 돌려 돌 더미를 보았고, 그 다음부터 침묵하더군. 나는 자네가 뭘 하는지에 별 관심이 없었네. 하지만 관찰은 요새 내게 일종의 필연이 되었지 않은가.

"자네는 바닥에 시선을 고정했어. 언짢은 표정으로 포장도로에 난 구멍과 홈을 보더군.(그래서 난 자네가 아직도 돌을 생각한다는 것을 눈치 챘네.) 이윽고 우리는 라마르탱이라는 작은 뒷골목에 도달했지. 그 뒷골목은 실험적으로 블록들을 짜 맞춰 포장한 길이지. 거기에서 자네의 표정이 밝아지더군. 또 자네의 입술이 움직이는 것을 보고 나는 자네가 '석공 기술'이라는 단어를 중얼거린다고 확신했지. 그건 그런 유형의 포장도로에 자랑스럽게 쓰이는 단어가 아닌가. 난 알아챘네, 자네는 '석공 기술'이라고 중얼거리면서 당연히 원자를 생각하고 따라서 에피쿠로스의 이론을 생각할 수밖에 없다는 것을 말일세. 게다가 우리가 얼마 전에 원자론에 대해서 토론할 때 내가 자네에게 그 그리스 귀족의 막연한 추측이 정말 신기하고도, 예상 외로 최근의 성운 우주진화론에서 입증되었다는 언급을 했기 때문에, 나는 자네가 눈을 들어 오리온자리의 대성운을 쳐다볼 수밖에 없다고 느꼈어. 자네가 그렇게 하리라고 확실히 예상했는데, 정말 그렇게 하더군. 그때 자네의 생각을 옳게 추적했다는 확신에 도달했네. 그런데 어제 〈뮈제〉에 등장한 풍자가가 샹틸리에 대한 신랄한 비판을 늘어놓는 와중에 그 구두장이가 비극배우가 되면서 이름을 바꾼 것을 비꼬면서 라틴어 문장 하나를 인용했어. 자네와 내가 자주 논했던 이 문장 말일세.

첫 문자가 오래된 소리를 파괴한다.

"이 문장이 과거에 '우리온Urion'으로 표기된 오리온을 가리킨다는 말을 내가 자네에게 한 적이 있었어. 또 나는 신랄함이 깃든 이 설명을 자네가 잊었을 리 없다고 생각했네. 그러니까 자네는 오리온이라는 관념과 샹틸리라는 관념을 틀림없이 연합할 것이었어. 실제로 자네가 그 관념들을 연합했다는 사실은 자네의 입술에 스쳐간 미소의 특징을 보고 알았네. 자네는 그 가련한 구두장이가 제물로 바쳐지는 장면을 생각했지. 내가 보니, 그때까지 고개를 숙이고 걷던 자네가 몸을 똑바로 곧추세우더군. 그때 나는 자네가 샹틸리의 왜소한 몸집을 생각한다고 확신했네. 그 순간에 나는 아까 했던 것처럼, 그는 — 샹틸리 말일세 — 아주 작은 친구여서 '바리에테 극장'에서라면 더 잘 할 수 있을 텐데, 라는 말로 자네의 명상에 끼어든 것일세."

이 일이 있은 지 얼마 지나지 않아 우리는 〈법정 신문〉 석간을 훑어보다가 다음과 같은 기사에 주목했다.

"**이례적인 살인사건.** — 오늘 새벽 3시경, 생 로슈 구역 주민들은 잇따른 끔찍한 비명소리에 잠을 깼다. 모르그 가에 있는 한 건물의 4층에서 나는 비명 같았다. 레스파네 부인과 그녀의 딸 카미유 레스파네만 산다고 알려진 건물이었다. 한동안 평범한 방식으로 건물에 진입하려는 시도가 있었으나 무위로 돌아가자 쇠지레에 의해 대문이 부서졌고, 이웃주민 여덟에서 열 명이 경찰관 두 명과 함께 건물에 들어갔다. 그때는 비명이 멈춘 다음이었다. 그러나 사람들이 첫 계단을 뛰어올라갈 때, 두세 명이 격렬하게 다투는 목소리가 들렸다. 위층에서 나는 소리 같았다. 두 번째 층계참에 도달하자 그 목소리도 그치면서 완벽한 고요가 찾아왔다. 사람들은 서둘러 흩어져 방들을 살펴보았다. 4층의 뒤쪽 구역에(안에서 열쇠가 꽂힌 채로 방문이 잠겨 있어 억지로 열어야 했다) 들어서자 기이한 광경이 펼쳐졌고, 모든 사람은 놀람과 동시에 그에 못지않은 공포에 압도되었다.

"그 구역은 완전히 엉망진창이었다. 가구는 부서지고 사방으로 내동댕이쳐져 있었다. 침대 틀은 하나밖에 없었고, 매트리스는 바닥 한가운데 떨어져 있었다. 의자 위에는 피가 덕지덕지 묻은 면도칼이 놓여 있었다. 벽난로 위에는 사람의 흰 머리카락을 길고 굵게 땋은 다발 두세 개가 놓여 있었다. 역시 피가 흥건한 채였고 뿌리 채 뽑힌 것 같았다. 바닥에서는 꼬냑 네 병, 토파스 귀걸이 한 개, 커다란 은수저 세 개, 자그마한 모조 은수저 세 개, 거의 4천 프랑의 금화가 든 가방 두 개가 발견되었다. 구석에 놓인 사무용 책상의 서랍들은 열려있었는데, 아직 많은 물건이 들어있긴 했지만 약탈된 흔적이 역력했다. 매트리스 밑에서(침대 틀 밑이 아니라) 작은 철제 금고가 발견되었다. 열려 있었고, 문짝에 열쇠가 꽂힌 채였다. 내용물은 오래 된 편지 몇 통과 보잘것없는 문서들뿐이었다.

"레스파네 부인은 흔적조차 보이지 않았지만, 벽난로 안에서 이례적으로 많은 검댕이 목격되어 굴뚝 수색이 이루어졌는데, 거기에서 (입에 담기도 끔찍하여라!) 딸의 시체가 머리를 아래로 둔 자세로 끌려 나왔다. 그런 자세로 그 좁은 틈에 상당히 멀리 쑤셔 박아 놓은 것이었다. 시체는 상당히 따뜻했다. 조사해보니 많은 찰과상이 있었다. 의심할 바 없이 억지로 쑤셔 박을 때와 끌어내릴 때 생긴 상처였다. 얼굴에는 심하게 할퀸 상처가 여럿 있었고, 사망자가 목 졸려 죽은 것처럼, 목에 검게 변한 멍과 깊게 눌린 손톱자국이 있었다.

"집의 곳곳을 샅샅이 뒤졌지만 더 이상 아무것도 발견되지 않자 사람들은 건물 뒤편의 돌이 깔린 좁은 뜰로 갔다. 거기에 노부인의 시체가 놓여있었다. 목이 완전히 절단된 상태여서, 시체를 일으키는 와중에 머리가 떨어졌다. 머리뿐 아니라 몸도 처참하게 망가져 있었다. 몸은 인간의 몸과 비슷한 데가 거의 없을 정도로 심하게 망가져 있었다.

"우리가 믿기로, 이 끔찍한 수수께끼에 대해서 아직까지 일말의 단서도 없다."

다음날 신문에 아래와 같은 세부사항이 추가로 보도되었다.

"모르그 가에서 발생한 비극. — 이 엽기적이고 소름끼치는 사건과 관련하여 수많은 인물이 조사를 받았다." [이제껏 프랑스에서 '사건affaire'이라는 단어는 지금 우리가 부여하는 새로운 의미로 쓰인 일이 없었다.] "그러나 드러난 것은 전혀 없다. 이하에서 우리는 확보된 주요 증언들을 모두 제시한다.

"세탁부 파울린 뒤부르는 3년 전부터 두 사망자와 알고 지내면서 그들을 위해 빨래를 했다고 증언한다. 노부인과 딸은 사이가 좋아 보였다. 서로에게 애정이 넘치는 것 같았다. 그들은 최고의 고객이었다. 그들의 생계 수단이나 방식에 대해서는 모른다. L 부인에게서 재산으로 생계를 꾸린다는 말을 들은 것 같다. 저축해놓은 돈이 있다는 소문이 있었다. 빨랫감을 가져올 때나 갖다 줄 때 그 집에서 아무도 본 적이 없다. 그들이 하인을 부리지 않았다고 확신한다. 4층만 빼고 집 안 어디에도 가구가 없었던 것 같다.

"담배장수 피에르 모로는 거의 4년 동안 레스파녜 부인에게 소량의 담배와 코담배를 팔곤 했다고 증언한다. 이웃에서 태어나 줄곧 거기에 살았다. 사망자와 그녀의 딸은 시체들이 발견된 집에서 6년 넘게 살았다. 전에 살던 사람은 보석 상인이었는데, 그는 위층의 방들을 여러 사람에게 다시 세를 주었다. 그 집은 L 부인의 소유였다. 그녀는 그 상인이 집을 마구

다루는 것이 불만스러워 직접 이사를 왔고, 세를 들이지 않았다. 그 귀부인은 천진했다. 증인이 6년 동안 그녀의 딸을 본 것은 대여섯 번 정도였다. 모녀는 극도로 은둔하면서 살았다. 돈은 넉넉하다는 소문이었다. L 부인이 재산에 대해서 이야기하는 것을 들었다고 이웃들이 말하는 것을 들은 적 있다. 하지만 그 말을 믿지 않았다. 노부인과 딸, 그리고 한두 번 드나든 문지기와 여덟에서 열 번 드나든 의사 외에는 그 집에 들어가는 사람을 본 적이 없다.

"다른 많은 이웃들도 같은 취지의 증언을 했다. 그 집에 자주 드나든 사람은 없다는 것이었다. L 부인과 그녀의 딸 사이에 활발한 관계가 있는지 여부는 알려지지 않았다. 전면의 창들에 달린 덧문은 가끔씩만 열렸다. 후면의 덧문은 늘 닫혀 있었지만, 4층의 커다란 뒷방만 예외였다. 그 집은 그다지 오래되지 않은 훌륭한 주택이었다.

"경찰관 이시도레 뮈세는 새벽 세 시경에 그 집으로 출동하여 약 이삼십 명이 대문 앞에서 들어가려 애쓰는 것을 보았다고 증언한다. 결국 쇠지레가 아니라 총검을 이용하여 강제로 대문을 열었다. 그 문은 두 짝 문, 그러니까 접이식 문이었고 맨 위와 아래에 빗장이 없어서 그리 어렵지 않게 열 수 있었다. 비명은 대문을 강제로 열 때까지도 계속되다가 갑자기 그쳤다. 심한 고통을 느끼는 사람(또는 사람들)의 비명처럼 들렸다. 짧고 즉각적인 비명이 아니라 크고 길게 늘어지는 비명이었다. 증인은 계단으로 올라갔다. 첫 층계참에 도착했을 때, 화가 나서 요란하게 싸우는 두 사람의 목소리를 들었다. 한 목소리는 걸걸했고, 다른 목소리는 훨씬 더 높고 날카로우며 매우 야릇했다. 첫 번째 목소리를 약간 알아들었는데, 프랑스인의 말이었다. 여자의 목소리는 아니었다고 확신한다. '젠장'이라는 단어와 '악마'라는 단어를 알아들었다. 높고 날카로운 목소리는 외국인의 것이었다. 여자 소리였는지 남자 소리였는지는 확실히 모르겠다. 말을 알아듣지는 못했으나, 스페인어였다고 믿는다. 이 증인이 묘사한 방과 시체들의 상태는 우리가 어제 보도한 바와 같다.

"이웃주민이며 은세공업자인 앙리 뒤발은 자신이 가장 먼저 집에 들어간 사람들 중 하나라고 증언한다. 뮈세의 증언이 대체로 옳다고 한다. 그들은 강제로 문을 열고 들어가자마자, 늦은 시간이었는데도 순식간에 모여든 군중의 진입을 막기 위해 다시 문을 잠갔다. 높고 날카로운 목소리는 이탈리아인의 것이었다고 이 증인은 생각한다. 프랑스인이 아니었다는 것은 확신한다. 남자의 목소리였는지는 확실히 모르겠다. 여자의 목소리였을 수도 있다. 이탈리아어를 잘 몰라서 말을 알아듣지는 못했지만, 억양을 듣고 이탈리아인의 목소리라고 확신했다. L 부인과 그녀의 딸을 알고 있었다. 두 사람과 자주 대화를 나눴다. 그 날카롭고 높은 목소리는 두 사망자 가운데 어느 쪽의 것도 아니었다고 확신한다.

"식당을 하는 오덴하이머는 자청해서 증언을 했다. 그는 프랑스어를 못하기 때문에 통역사의 도움을 받았다. 그는 암스테르담에서 태어났다. 비명이 날 때 그 집 앞을 지나고 있었다. 비명은 꽤 오랫동안, 아마 10분 정도 지속되었다. 길고 요란했다. 아주 무섭고 비참했다. 무리에 섞여서 건물 안으로 들어갔다. 뒤발의 증언은 한 가지 점만 빼고 다 옳다. 이 증인은 높고 날카로운 목소리가 남자, 구체적으로 프랑스 남자의 것이었다고 확신한다. 말을 알아듣지는 못했다. 두려움과 분노에 휩싸인 듯이 크고 빠르게 — 불규칙적으로 — 지껄이는 말이었다. 거친 목소리였다. 높고 날카로웠다기보다는 거칠었다는 편이 옳다. 그걸 날카로운 목소리라고 말할 순 없다. 걸걸한 목소리는 거듭해서 '젠장', '악마'라고 했고, 한번은 '하느님 맙소사'라고 했다.

"들로랭 가에 위치한 〈미뇨 에 필〉의 은행가 쥘 미뇨는 미뇨 형제 중에서 형이다. 레스파네 부인은 어느 정도 재산이 있었다. 어느 해 — 8년 전 — 봄에 그의 은행에 계좌를 개설했으며 자주 소액을 예금했다. 돈을 찾은 적은 한 번도 없었는데, 사망하기 사흘 전에 4000프랑을 직접 찾아갔다. 돈은 금화로 지불되었고, 은행원 한 명이 그것을 가지고 집까지 동행했다.

"〈미뇨 에 필〉의 은행원 아돌프 르 봉은 그날 정오 무렵에 4000프랑이 담긴 가방 두 개를 들고 레스파네 부인과 함께 그녀의 집에 갔다고 증언한다. 문이 열리면서 L 양이 나타나 그에게서 가방 하나를 건네받았으며, 나머지 가방은 노부인이 챙겼다. 그런 다음에 그는 인사를 하고 떠났다. 당시에 그 길에서 아무도 보지 못했다. 거기는 아주 한적한 곁길이다.

"양복장이 윌리엄 버드는 자신이 그 집에 들어간 무리 속에 있었다고 증언한다. 그는 영국인이다. 2년 전부터 파리에 산다. 가장 먼저 계단으로 올라간 사람들 중 하나였다. 싸우는 목소리들을 들었다. 걸걸한 목소리는 프랑스인의 것이었다. 여러 단어를 알아들었지만, 일부는 잊어버렸다. '젠장'과 '하느님 맙소사'를 확실히 들었다. 당시에 마치 여러 명이 드잡이하는 것처럼 때리고 할퀴는 소리가 났다. 높고 날카로운 목소리는 아주 컸다. 걸걸한 목소리보다 더 컸다. 영국인의 목소리는 아니었다고 확신한다. 독일인의 목소리 같았다. 여자의 소리였을 수도 있다. 독일어는 모른다.

"이제껏 열거한 증인들 가운데 네 명은 L 양의 시체가 발견된 구역에 도착했을 때 방문이 안쪽에서 잠겨 있었다고 기억을 되살려 증언했다. 모든 것이 완벽하게 고요했다. 어떤 소음이나 신음도 없었다. 억지로 문을 여니 아무도 보이지 않았다. 뒷방과 앞방의 창들은 내려진 상태로 내부에서 단단히 잠겨 있었다. 두 방 사이의 문은 닫혔지만 잠겨 있지는 않았다. 앞방에서 복도로 통하는 문은 안쪽에서 열쇠가 꽂힌 상태로 잠겨 있었다. 4층의 앞쪽, 복도의 입구 옆에 있는 작은 방은 문이 비스듬히 열려있었다. 이 방에는 낡은 침대와 상자 따위가 가득 차있었다. 경찰은 그 물건들을 다른 장소로 옮겨 면밀히 조사했다. 집의 구석구석을 한 치도 빼놓지 않고 면밀히 수색했다. 청소부가 굴뚝 속까지 뒤졌다. 그 집은 다락방이 딸린 4층 건물이었다. 지붕에 난 뚜껑문은 매우 튼튼하게 못질되어 있었다. 몇 년 동안 열린 적이 없는 것 같았다. 싸우는 목소리들을 들은 때와 방문을 부숴 연 때 사이의 시간 간격에 대해서는 증언들이 엇갈렸다. 어떤 증인은 겨우 3분이었다고 한 반면, 다른 증인은 무려 5분이었다고 했다. 방문은 어렵게 열렸다.

"사업가 알폰조 가르시오는 자신이 모르그 가에 산다고 증언한다. 그는 스페인 태생이다. 그 집에 들어간 무리에 섞여 있었다. 계단으로 올라가지는 않았다. 겁이 많아서, 당황하면 생길 증상들이 두려웠다. 싸우는 목소리들을 들었다. 걸걸한 목소리는 프랑스인의 것이었다. 말을 알아듣지는 못했다. 높고 날카로운 목소리는 영국인의 것이었다. 그렇다고 확신한다. 영어를 알아듣지 못하지만, 억양에 근거를 두고 그렇게 판단한다.

"과자장수 알베르토 몬타니는 자신이 가장 먼저 계단으로 올라간 사람들 중 하나라고 증언한다. 문제의 목소리들을 들었다. 걸걸한 목소리는 프랑스인의 것이었다. 여러 단어를 알아들었다. 그 목소리의 주인공은 누군가를 타이르는 것 같았다. 높고 날카로운 목소리는 알아들을 수 없었다. 불규칙적이고 빠른 말이었다. 러시아인의 목소리였다고 생각한다. 다른 증언들이 대체로 옳다고 한다. 이탈리아인이다. 러시아 사람과 대화해본 적은 없다.

"이 증인들 중 여럿의 기억에 따른 증언에 의하면, 4층의 모든 방에 있는 굴뚝은 너무 좁아서 사람이 들어갈 수 없었다. 청소부는 원통형 청소용 솔을 집어넣어 굴뚝 속을 뒤졌다. 그 집에 있는 모든 굴뚝에 그런 솔을 집어넣어 위아래로 움직이며 청소했다. 사람들이 계단으로 올라오는 동안 누군가 내려갈 수 있을 만한 뒤쪽 통로는 없었다. 레스파녜 양의 시체는 굴뚝에 정말 단단히 끼어있어서 대여섯 명이 힘을 합쳐 겨우 끌어내렸다.

"의사 폴 뒤마는 해뜰 녘에 호출을 받고 가서 두 구의 시체를 보았다고 증언한다. 당시에 시체들은 L 양이 발견된 구역에 놓인 침대 틀의 마직포 위에 눕혀져 있었다. 젊은 여자의 시체는 타박상과 찰과상이 심했다. 그 시체는 굴뚝에 쑤셔 박혀 있었으므로, 충분히 납득할 만한 상처였다. 목에 강한 압박의 흔적이 있었다. 턱밑에 깊게 할퀸 자국이 여러 개 있었으며, 명백히 손가락 자국인 검푸른 반점들도 있었다. 얼굴은 소름끼치게 변색되어 있었고, 눈알들은 돌출되어 있었다. 혀는 이에 깨물려 일부가 끊어져 있었다. 명치에서 큼직한 멍이 발견되었는데, 보아 하니 무릎으로 가격해서 생긴 것이었다. 뒤마 씨의 견해에 따르면, 레스파네 양은 어떤 사람이나 사람들에 의해 목 졸려 죽었다. 어머니의 시체는 끔찍하게 망가진 상태였다. 오른 다리와 팔의 모든 뼈는 거의 부스러져 있었다. 왼쪽 정강이뼈와 갈비뼈들은 여러 조각으로 깨져 있었다. 온몸이 끔찍하게 멍들고 변색되어 있었다. 어떻게 그런 부상을 입었는지 판단하기는 불가능했다. 묵직한 나무 몽둥이나 널찍한 쇠막대기 — 의자 — 아무튼 크고 무거운 둔기를 힘이 무척 센 사내가 휘두른다면 그런 결과가 발생할 것이다. 여자라면 어떤 무기를 쓰더라도 그런 부상을 입힐 수 없을 것이다. 증인이 보았을 때 사망자의 머리는 몸에서 완전히 분리되어 있었으며 몸과 마찬가지로 심하게 부서져 있었다. 목은 아주 날카로운 도구로 절단한 것이 분명했다. 아마 면도칼로 절단했을 것이다.

"외과의사 알렉상드르 에티엔은 뒤마 씨와 함께 호출을 받고 가서 시체들을 보았다. 뒤마 씨의 증언과 견해가 옳다고 했다.

"다른 인물들도 여러 명 조사했지만, 밝혀진 주요 사항은 여기까지가 전부다. 모든 세부사항이 이토록 불가사의하고 당혹스러운 살인사건은 파리의 역사에서 처음이다. 이것이 정말로 살인사건이라면 말이다. 경찰은 완전히 속수무책이다. 살인사건을 앞에 둔 경찰에게는 이례적인 상황이다. 그러나 단서의 그림자조차 눈에 띄지 않는다."

같은 신문의 석간은 생 로슈 구역이 여전히 동요하고 있다고 전했다. 문제의 주택을 다시 면밀히 수색했고, 증인들에 대한 새로운 조사가 이루어졌지만, 아무 소득이 없었던 것이었다. 하지만 덧붙인 해설은 은행원 아돌프 르 봉이 체포되어 수감되었다고 언급했다. 이미 상세히 기술한 사실들 외에 그에게 혐의를 둘 근거는 없는 듯했는데도 말이다.

뒤팽은 이 사건의 추이에 특별한 관심을 기울이는 것 같았다. 적어도 나는 그의 행동을 보고 그렇게 판단했다. 그가 아무 논평도 하지 않았던 것이다. 르 봉이 수감되었다는 발표를 접한 후에야 그는 그 살인사건에 대한 나의 의견을 물었다.

나는 모든 파리 시민들과 마찬가지로 그 사건을 해결할 수 없는 수수께끼로 여길 수밖에 없었다. 내가 보기에는 살인범을 추적할 수단이 없었다.

"이 미완의 수사에서……" 뒤팽이 말했다. "꼭 수단을 가지고 판단해야 하는 건 아니라네. 예리하다는 칭송이 자자한 파리 경찰은 교묘하지만, 그저 교묘할 뿐이지. 그들의 행동에는 매순간의 방법을 넘어선 방법이 없어. 그들은 엄청나게 많은 방편을 동원하지만, 그 방편들을 대상에 잘못 적용하는 경우가 드물지 않아. '실내악을 더 잘 듣기 위해 실내복을 입으려 하는' 주르댕 씨가 떠오를 정도로 말일세. 파리 경찰은 종종 놀라운 성과를 거두지만, 거의 전부 그저 부지런한 활동을 통해서 거두네. 부지런한 활동이 소용없을 경우, 그들의 기획은 수포로 돌아가는 거지. 예컨대 비도크는 추측을 잘 하고 참을성이 뛰어난 인물이었네. 하지만 생각하기를 배우지 못했기 때문에, 다름 아니라 강도 높은 수사를 하느라고 끊임없이 실수를 저질렀지. 그는 대상을 너무 가깝게 들여다봐서 탈이었어. 아마 한두 점은 특별히 선명하게 볼 수 있었겠지만, 그러는 동안에 사건 전체를 시야에서 놓칠 수밖에 없었지. 요컨대 너무 깊이 파헤친다는 말이 딱 맞는 경우가 있다네. 진실이 항상 우물 속에 있는 건 아니거든. 심지어 중요하다고 할 만한 지식은 예외 없이 표면적이라고 나는 믿네. 우리가 진실을 찾아 헤매는 계곡이 깊지, 진실이 발견되는 봉우리는 깊지 않다고나 할까. 이런 유형의 오류가 어떠하고 어디에서 비롯되는지를 잘 보여주는 예로 천문 관찰이 있네. 별을 가장 또렷하게 보는 방법은 말이야, 흘끗 보는 것이라네. 그러니까 시선을 비스듬히 다른 방향으로 두어서 망막의 바깥쪽 부분(거기가 안쪽 부분보다 미약한 빛 자극에 더 예민하거든)이 별을 향하도록 만드는 거야. 그래야 별의 광휘가 가장 잘 포착되지. 우리가 시선을 별에 가깝게 맞추면 맞출수록, 별은 점점 더 어두워지네. 시선을 별에 맞추면 실제로 더 많은 광선이 눈에 도달하지만, 시선을 비스듬히 둘 때 더 큰 포착 능력이 발휘된다는 말일세. 우리는 지나치게 깊이 파고들어 혼란에 빠지고 생각을 약화시키지. 심지어 금성도 천구에서 사라지게 만들 수 있어. 너무 한결같이 너무 집중해서 너무 똑바로 바라보면 그렇게 되네.

"이 살인사건에 대해서 우리의 의견을 정하기 전에 먼저 우리끼리 조금만 조사해보기로 하세. 재미를 얻게 될 거야." [나는 이 문장이 좀 이상하다고 생각했지만 아무 말도 하지 않았다.] "게다가 과거에 르 봉이 정말 고맙게도 나를 도와준 적이 있거든. 우리가 직접 가서 우리 눈으로 그 집을 살펴보세. 내가 경찰국장 G를 아니까 그 집에 들어가는 데 필요한 허가를 어려움 없이 받을 수 있을 걸세."

우리는 허가를 받았고, 즉시 모르그 가로 향했다. 그 거리는 리셸리외 가와 생 로슈 가 사이에 있는 비참한 거리들 중 하나이다. 우리가 도착했을 때는 늦은 오후였다. 그 구역은 우리가 거주한 구역에서 멀리 떨어져 있었으니까. 우리는 그 집을 쉽게 발견했다. 아직도 많은 사람들이 길 건너편에서 부질없는 호기심으로 닫힌 덧문들을 바라보고 있었기 때문이다. 평범한 파리의 주택이었다. 대문이 있었고, 대문의 한 편에 미닫이 쪽문이 달린 반짝이는 감시구가 있었다. 수위실이 설치되어 있는 모양이었다. 우리는 들어가기에 앞서 거리를 따라 걷다가 골목으로 들어서고 다시 모퉁이를 돌아 그 건물의 후면을 지나쳤다. 그러는 동안에 뒤팽은 그 집과 이웃 전체를 꼼꼼히 살폈는데, 무얼 그리 꼼꼼하게 살피는지 나로서는 알 수 없었다.

우리는 왔던 길을 되짚어 다시 그 주택의 전면으로 와서 초인종을 울렸고, 담당직원은 우리가 내민 허가서를 보고 진입을 허락했다. 우리는 위층으로 올라갔다. 레스파네 양의 시체가 발견된 구역에 들어갔다. 여전히 두 구의 시체가 누워있었다. 사건현장이 통상 그렇듯이, 엉망진창인 상태도 그대로 보존되어 있었다. 내 눈에는 〈법정 신문〉에 보도된 것 외에는 보이지 않았다. 뒤팽은 모든 것을 꼼꼼히 살폈다. 피해자들의 시체도 빼놓지 않았다. 이어서 우리는 다른 방들에 들어갔고, 뒤뜰에도 갔다. 경찰관 한 명이 줄곧 우리를 따라다녔다. 우리는 날이 어두워질 때까지 조사에 몰두하다가 그 집을 나섰다. 집으로 돌아오는 길에 내 친구는 잠시 어느 일간신문의 사무실에 들렀다.

이미 말했듯이 내 친구는 변덕이 다채로웠고, 좀 이상한 표현일 수도 있겠지만, 나는 그의 변덕을 존중했다. 그때부터 이튿날 정오 무렵까지 그는 그 살인사건에 대한 모든 대화를 거부했다. 그것이 그의 새로운 유머였다. 그러더니 갑자기 내게 그 잔인한 현장에서 어떤 특이한 점을 목격했느냐고 물었다.

그는 "특이한"이라는 단어를 왠지 강조했고, 그래서 나는 영문도 모르는 채 겁이 났다.

"아니, 특이한 점은 없던데." 내가 말했다. "우리가 같이 본 신문에 보도된 것 외에는 아무것도 못 봤어."

"그 신문은 말이야……" 그가 대꾸했다. "정말 예외적으로 무시무시한 내용은 다루지 않은 것 같아. 아무튼 그 신문의 한가로운 견해는 잊어버리세. 내가 보기엔 말이야, 사람들이 이 수수께끼를 해결 불가능하다고 여기는 까닭은 사실 이 수수께끼를 쉽게 해결할 수 있다고 여기는 까닭이어야 마땅하거든. 요는 이 사건이 기이하다는 말일세, 그래서 해결하기 쉽고. 경찰은 평범한 살인을 훨씬 넘어선 그토록 잔인한 살인에 동기가 없는 것 같아서 어리둥절하고 있어. 또 싸우는 목소리들을 들었다는 증언과 위층에서는 살해된 레스파네 양 외에 아무도 발견되지 않았다는 사실, 그리고 거기에는 올라오는 사람들의 눈에 띄지 않게 빠져나갈 길이 없었다는 사실이 앞뒤가 안 맞는 것 같아 당황하고 있고. 엉망진창이 된 방, 머리가 아래로 향한 자세로 굴뚝에 쑤셔 박힌 시체, 끔찍하게 훼손된 노부인의 시체. 이런 사항들에다가 내가 방금 언급한 문제들과 언급할 필요도 없는 다른 문제들이 겹쳐지니 예리하다는 칭송을 받는 정부 공무원들이 어찌할 바를 모르고 마비상태가 된 거지. 그들은 예외적인 것을 난해한 것과 혼동하는 엄청나면서도 흔한 오류를 범하고 있네. 하지만 진실을 추구하는 이성이 자기가 나아갈 길을 감지한다면, 평범함을 벗어남으로써 감지하거든. 지금 우리가 하는 것과 같은 수사에서 던져야 할 질문은 '무슨 일이 일어났나?'라기보다 '예전에 한번도 일어나지 않은 무슨 일이 일어났나?'일세. 사실 나는 이 수수께끼를 이미 해결했거나 해결할 것인데, 내가 얼마나 쉽게 해결하는가는 경찰이 이 수수께끼를 얼마나 어려워하는가에 비례하지."

말하는 사람을 나는 놀라서 말없이 응시했다.

"나는 지금 기다리고 있네." 그가 우리 집의 문을 바라보며 말을 이었다. "이 살육을 저지른 장본인은 아마 아니겠지만 틀림없이 어느 정도 살육에 가담한 어떤 인물을 말일세. 그는 범행의 가장 나쁜 부분에 대해서는 결백한 듯해. 난 이 추측이 옳기를 바라네. 왜냐하면 내가 이 추측을 기반으로 삼아서 이 수수께끼 전체를 해석했으니까. 그 인물은 언제라도 여기 이 방으로 올 거야. 물론 오지 않을 가능성도 있긴 하지만 그가 올 가능성이 높지. 그가 온다면, 반드시 그를 붙잡아야 해. 여기 권총이 있네. 필요할 경우에 어떻게 써야 하는지는 자네도 알겠지."

나는 내가 무엇을 하는지 거의 모르면서 혹은 내가 들은 말을 믿으면서 권총을 받았고, 뒤팽은 거의 독백하듯이 말을 이었다. 이럴 때 그가 보이는 초연한 태도에 대해서는 내가 이미 언급한 바 있다. 그의 말은 나를 향해 있었지만, 그의 목소리는, 물론 전혀 크지는 않았지만, 아주 멀리 떨어진 누군가에게 말할 때 흔히 쓰는 억양이었다. 속이 빈 것처럼 보이는 그의 눈은 벽만 응시했다.

"사람들이 계단에서 들은……" 그가 말했다. "싸우는 목소리들이 사망자들의 것이 아니라는 점은 증거에 의해 완전히 입증되었네. 그러니까 노부인이 먼저 딸을 죽이고 나서 자살했을 가능성은 배제할 수 있지. 내가 이 말을 하는 주된 이유는 체계적인 방법을 중시하기 위해서라네. 사실 레스파네 부인은 딸의 시체를 발견 당시의 모습대로 굴뚝에 쑤셔 박는 일을 결코 해낼 수 없었을 거야. 또 그녀 자신의 몸에 생긴 상처들이 자해의 결과일 리도 없고. 그렇다면 살인은 어떤 제3자들에 의해 일어났어. 사람들이 들은 싸우는 목소리들은 그 제3자들의 것이었고. 지금 그 목소리들에 관한 증언 전체를 언급할 생각은 없지만, 그 증언에서 특이한 점은 언급하겠네. 자네는 무슨 특이한 점을 발견하지 못했나?"

나는 걸걸한 목소리는 프랑스인의 것이라고 모든 증인이

한결같이 말한 반면, 높고 날카로운 목소리 혹은 한 증인의 표현대로라면 거친 목소리에 대해서는 증언이 심하게 엇갈렸다고 지적했다.

"그건 증언 자체지……" 뒤팽이 말했다. "증언의 특이점이 아니지 않은가. 자네는 특이한 점을 알아채지 못했군. 하지만 눈여겨보아야 할 점이 있었네. 자네가 지적했듯이 증인들은 걸걸한 목소리에 대해서 일관된 진술을 했어. 만장일치였지. 반면에 높고 날카로운 목소리에 대해서는 특이하게도 — 진술이 엇갈리는 게 특이한 점이 아냐 — 특이하게도 이탈리아인, 영국인, 스페인인, 네덜란드인, 프랑스인이 제각각 그 목소리가 외국인의 것이었다고 진술했어. 각자가 그 목소리는 자기 동포의 목소리가 아니었다고 확신했어. 제각각 자기가 잘 아는 언어를 쓰는 사람의 목소리가 아니었다고 여기는 거지. 프랑스인은 스페인인의 목소리였다고 짐작하면서 '스페인어를 알았다면 몇 마디 알아들었을 텐데' 하고 생각해. 네덜란드인은 프랑스인의 목소리였다고 주장하는데, 기사를 잘 보면 이 증인은 '프랑스어를 못하기 때문에 통역사의 도움을 받았다'고 되어있어. 영국인은 독일인의 목소리였다고 생각하는데, '독일어는 모른다'고 해. 스페인인은 영국인의 목소리였다고 '확신'하지만, '영어를 알아듣지 못하기' 때문에 오로지 '억양에 근거를 두고 그렇게 판단'해. 이탈리아인은 러시아인의 목소리였다고 믿지만, '러시아 사람과 대화해본 적은 없다'고 해. 심지어 두 번째 프랑스인은 첫 번째 프랑스인과 또 달라서, 그 목소리가 이탈리아인의 것이었다고 해. 하지만 이탈리아어를 몰라서 스페인인과 마찬가지로 '억양에 근거를 두고 확신' 하지. 자, 이런 증언들이 나올 수 있었다면, 그 목소리는 정말 얼마나 희귀한 것이었겠나! 유럽의 큰 나라 다섯 곳의 사람들에게 익숙한 발음이 전혀 없을 정도로 희귀했다는 것이 아닌가! 자네는 그 목소리가 아시아인이나 아프리카인의 것이었다고 말하려 할 거야. 파리에 아시아인과 아프리카인은 많지 않네. 아무튼 자네의 추론을 반박할 생각은 없고, 다만 세 가지 점에 주목하라고 하고 싶어. 한 증인은 그 목소리가 '높고 날카롭다기보다 거칠다'고 표현했네. 다른 두 증인은 '빠르고 불규칙적'이라고 했네. 어느 증인도 단어를 — 단어와 유사한 소리를 — 알아듣지 못했네.

"난 말일세……" 뒤팽이 말을 이었다. "내가 지금까지 자네에게 지적으로 어떤 인상을 주었는지 잘 모르겠어. 하지만 서슴없이 말하겠네. 이 증언 — 걸걸한 목소리와 높고 날카로운 목소리에 관한 증언 — 에 기초를 둔 합법적인 추론만으로도 나머지 모든 수사의 방향을 결정할 만한 의심을 품기에 충분하다네. 지금 '합법적인 추론'이라고 했지만, 그 말로는 내 뜻이 온전히 표현되지 않는군. 나는 그 추론이 유일하게 적합한 추론이고, 그 추론에서 불가피하게 그 의심이 유일한 결과로 나온다는 말을 하고 싶었네. 하지만 그 의심이 무엇인지는 나중에 말해주겠네. 내가 바라는 것은 다만 자네가 이 점을 명심해두는 거야. 그 의심은 충분히 설득력 있는 의심이라네. 나는 그 의심 때문에 사건현장을 조사할 때 어떤 확정된 형식 — 경향 — 을 따랐던 것이고.

"이제 상상 속에서 그 사건현장으로 가보세. 자, 맨 먼저 무엇을 찾아야 할까? 살인자들이 쓴 탈출수단. 우리 중에 초자연적인 사건을 믿는 사람은 없다고 해도 과언은 아니겠지. 레스파네 부인과 레스파네 양은 귀신에게 살해되지 않았어. 범인은 물질적이었고, 물질적인 방식으로 탈출했어. 그렇다면 어떻게? 운 좋게도 이 논점에 대한 추론 방식은 하나뿐이고, 그 방식은 틀림없이 우리를 확정적인 결론으로 이끌 것이네. — 가능한 탈출수단들을 하나씩 검토해보세. 사람들이 계단을 올라갈 때, 살인자들이 레스파네 양이 발견된 방이나 적어도 그 옆방에 있었다는 것은 분명해. 그러니까 우리가 살펴보아야 할 것은 그 두 방뿐이네. 경찰은 바닥과 천장과 벽을 홀라당 까놓고 살폈어. 어떤 비밀도 부릅뜬 그들의 눈을 피해 갈 수 없었을 테지. 하지만 난 그들의 눈을 믿지 않고 내 눈으로 직접 조사했네. 그랬더니 비밀이 전혀 없더군. 방들에서 복도로 통하는 문은 둘 다 확실히 안쪽에서 열쇠가 꽂힌 채로 잠겨 있었어. 굴뚝을 한번 볼까? 굴뚝들은 벽난로에서 위로 2.5에서 3미터까지는 평범한 굵기지만, 전체적으로는 커다란 고양이라도 통과할 수 없을 거야. 요컨대 굴뚝으로 탈출하기는 절대로 불가능하니까, 남은 것은 창밖에 없어. 앞방의 창으로 탈출했다면, 거리의 군중에게 당연히 발각되었을 거야. 그러니까 살인자들은 뒷방의 창으로 빠져나갔을 수밖에 없어. 이 결론에 이토록 일목요연하게 도달한 이상, 겉보기에 불가능하다는 이유로 이 결론을 물리치는 것은 추론을 한 당사자인 우리의 몫이 아니네. 우리로서는 그 외견상의 '불가능성'이 실은 불가능성이 아니라는 것을 증명하는 길만 남았다네.

"사건현장에 두 개의 창이 있어. 하나는 가구로 가려지지 않아서 전체가 보이지. 다른 창은 아래가 거추장스런 침대 틀의 머리 부분에 가려졌어. 침대가 그 창에 바투 놓여 있거든. 첫 번째 창은 안에서 확실히 잠긴 것이 발견되었어. 여러 명이 밀어 올리려 애썼는데도 열리지 않았지. 왼쪽 창틀에 커다란 송곳 구멍이 뚫려 있고, 그 안에 아주 굵은 못이 거의 끝까지 박혀있었으니까. 두 번째 창도 살펴보니, 비슷한 못이 비슷하게 박혀 있었어. 창을 밀어 올리려고 애썼지만, 역시 실패했고. 그러자 경찰은 범인들이 창으로 탈출하지 않았다고 완전히 확신하게 되었네. 그래서 못들을 뽑고 창을 여는 고생을 사서 할 필요는 없다고 생각했고.

"나 자신의 조사는 좀더 특별했네. 내가 방금 언급한 이유 때문에 그랬어. 그러니까 이 상황에서 모든 외견상의 불가능성은 실은 불가능성이 아니라는 것이 증명되어야 한다는 점을 알고 있었기 때문에 그렇게 특별하게 조사했네.

"요컨대 나는 전제를 깔고나서 생각했다네. 살인범들은 창으로 탈출했어. 그렇다면 그들은 창을 발견된 상태처럼 안쪽에서 다시 잠글 수 없었어. — 이 자명한 생각이 경찰로 하여금 이 방향으로의 수사를 중단하게 만든 거지. 그런데 창은 잠겨있었어. 그렇다면 창이 스스로 닫히는 능력을 가지고 있을 수밖에 없어. 이 결론을 피할 길은 없다고. 나는 가려지지 않은 창으로 가서 약간 어렵게 못을 뽑고 창을 밀어 올려보았지. 아무리 해도 안 되더군. 내가 예상한 대로였어. 그때 난 숨은 스프링이 틀림없이 있다는 것을 깨달았네. 그리고 이렇게 내 생각이 입증되니까, 적어도 내 전제들은 옳다는 확신이 들더군. 물론 못과 관련한 사정들은 여전히 외견상 불가사의했지만 말일세. 면밀하게 조사하니 곧 숨은 스프링이 드러났어. 나는 그 스프링을 눌렀고, 그 발견에 만족했고, 창을 밀어 올리려던 생각은 접었네.

"그 다음에는 못을 원래 구멍에 다시 집어넣고 주의 깊게 관찰했지. 이 창으로 빠져나간 사람이 있다면, 그는 창을 다시 닫았을 테고 스프링에 의해 창이 잠겼을 테지만, 못이 다시 제

구멍에 들어갈 수는 없을 터였어. 결론은 명백했고, 나는 또 한번 수사의 범위를 좁혔다네. 살인범들은 다른 창을 통해 탈출했을 수밖에 없어. 더 나아가 각각의 창에 설치된 스프링이 똑같다고 전제하면 — 그럴 법한 전제가 아닌가 — 못에 차이가 있거나 적어도 못이 박힌 방식에 차이가 있을 수밖에 없어. 나는 침대 틀의 마직포 위로 올라가서 머리 판 너머로 두 번째 창을 꼼꼼히 살펴보았네. 그 판 뒤를 손으로 더듬으니 쉽게 스프링이 만져지더군. 그걸 눌러봤지. 예상했던 대로 옆 창에 설치된 스프링과 똑같더군. 이제 못을 관찰했어. 아까 본 못만큼 굵었고 겉보기에 똑같은 방식으로 박혀 있었네. 거의 끝까지 박혀있었단 말일세.

"내가 당황했을 것 같은가? 그렇게 생각한다면 말이야, 자네는 귀납의 본성을 오해한 것이 분명해. 테니스 용어로 말한다면 말일세, 나는 단 한 번도 '폴트fault'를 범하지 않았어. 한 순간도 냄새를 놓치지 않았지. 추론의 사슬을 이룬 고리들 중 어떤 것에도 흠이 없었네. 나는 비밀을 추적하여 궁극적인 결론에 도달했고, 그 결론은 못이었어. 내가 장담하는데, 그 못은 외견상 어느 모로 보나 다른 창에 박힌 못과 똑같았네. 하지만 이 사실은(결정적인 사실처럼 보일 수도 있겠지만) 이 대목에서 단서들의 연쇄를 종결지은 다음과 같은 생각에 비하면 아무것도 아니었지. 나는 무릎을 쳤네. '못에 무언가 문제가 있을 수밖에 없어.' 못을 만져보니까, 못대가리부터 몸통의 1센티미터 정도까지가 빠져나오더군. 못의 나머지 몸통은 송곳구멍에 그대로 박혀있고 말이야. 오래전에 부러진 못이었어(부러진 자리에 녹이 슬어 있었으니까). 보아 하니 못을 망치로 두드려서 아래 창틀의 윗부분에 박을 때 부러진 것 같더라고. 이제 나는 그 대가리 부분을 원래의 구멍에 조심스럽게 다시 끼웠지. 그러니까 온전한 못과 똑같게 보였어. 부러진 티가 안 났어. 나는 스프링을 누르고 창문을 반 뼘 정도 살살 들어 올렸네. 그러자 못대가리도 제 구멍에 끼워진 채로 딸려 올라왔어. 다시 창을 내리고 보니, 못은 온전한 모습으로 돌아갔더군.

"이로써 이제까지의 수수께끼가 풀렸네. 살인범은 침대 너머의 창으로 탈출했던 것일세. 놈이 탈출한 직후에 창문은 저절로 내려와서(혹은 놈이 의도적으로 닫아서) 스프링에 의해 잠겼던 것이지. 경찰은 못의 힘으로 창문이 고정되었다고 착각했지만, 실은 스프링의 힘으로 고정되었던 것이고. 요컨대 더 이상의 탐구는 불필요하다는 판단이 들었네.

"다음 질문은 범인이 아래로 내려간 방식이야. 나는 자네와 함께 그 건물 주위를 거닐면서 이 질문에 대해서 확실한 답을 얻었네. 문제의 창에서 1.7미터 쯤 떨어진 위치에 바닥에서부터 지붕까지 이어진 피뢰침 막대가 있네. 하지만 그 막대에서 곧장 그 창으로 옮겨갈 수 있는 사람은 아무도 없겠지. 창으로 들어갈 수 있는 사람은 더 말할 필요도 없겠고. 하지만 나는 4층의 덧문들이 파리의 목수들이 '페라데ferrade'라고 부르는 특별한 유형이라는 것을 목격했네. 요새는 거의 안 쓰이지만 리옹과 보르도의 오래된 저택에서 흔히 볼 수 있는 유형이었지. 페라데는 평범한 문짝처럼 생겼는데(접을 수 없는 문짝 하나로 되어있지) 윗부분이 격자구조로 세공돼있어서 손으로 잡고 매달리기에 안성맞춤이라네. 그 건물에 달린 페라데 덧문들은 폭이 줄잡아 1미터나 되었고. 우리가 건물 뒤편에서 보았을 때 그 덧문들은 둘 다 반쯤 열려 있었네. 그러니까 벽과 직각을 이루고 있었단 말일세. 아마 경찰도 나처럼 집의 뒷면을 조사했을 거야. 하지만 그 덧문들의 옆모습만 보는 바람에(틀림없이 그랬을 거야) 덧문의 폭이 그렇게 넓다는 것을 알아채지 못했던 거지. 아니면 앞모습을 보고도 그 폭에 주목하지 못했거나. 실제로 경찰은 창을 통해 탈출할 수는 없다는 확신에 이미 도달했기 때문에 덧문을 아주 허술하게 살펴보았겠지. 하지만 내 눈에는 명백하게 보였어. 침대 너머의 창에 달린 덧문을 벽 쪽으로 완전히 젖히면 피뢰침 막대에서 60센티미터 떨어진 곳에 닿는다는 사실. 또 범인이 매우 예외적인 용기와 운동능력을 발휘해서 그 막대에 매달렸다가 덧문을 이용하여 창으로 침입했다는 사실도 나한테는 명백했네.

침입자는 (덧문이 완전히 젖혀져 있었다고 가정하세) 70센티미터 거리까지 접근해서 덧문의 격자를 붙잡았을 거야. 이어서 막대를 잡았던 손을 놓고 발로 벽을 과감하게 밀었겠지. 그렇게 덧문이 닫히게 만들었을 테고, 당시에 창문이 열려 있었다면, 덧문에 매달려 방으로 침입했을 거야.

"내가 그런 위험하고 어려운 곡예에 성공하려면 매우 예외적인 운동능력이 필요하다고 말했다는 점을 명심해주기 바라네. 내가 자네에게 말하려는 바는 이것이야. 첫째, 그 곡예가 성취되었을 수 있다. 하지만 이 두 번째 점이 더 중요한데, 나는 말일세, 그 곡예를 성취할 수 있는 운동능력이 매우 예외적이며 거의 초자연적이라는 점을 자네에게 각인시키고 싶네.

"자네 지금 하고 싶은 말이 있지? 틀림없이 법률용어를 써서 이렇게 말하고 싶을 거야. 나의 '논리를 강화하려면' 그 곡예에 필요한 운동능력을 고집스럽게 온전히 평가할 게 아니라 낮춰 잡아야 한다고 말일세. 하지만 친구, 법조계의 관행은 그럴지 몰라도, 이성을 사용하는 방법은 그렇지 않다네. 나의 궁극적인 목적은 오로지 진실이야. 당장 눈앞에 둔 목표는 자네로 하여금 내가 방금 언급한 매우 예외적인 운동능력과 증인들이 언급한 매우 야릇하고 높고 날카로우며(또는 거칠며) 불규칙적인 그 목소리를 나란히 놓도록 유도하는 것이란 말일세. 자네도 기억하겠지만, 그 목소리의 주인공이 어느 나라 사람인지에 대해서 의견이 제각각이었고, 그 목소리에 실린 말은 한 음절도 이해할 수 없었지."

이 말을 듣는 순간, 뒤팽의 의도에 대한 불분명하고 미완성인 생각이 내 정신에 언뜻 지나갔다. 나는 이해하기 직전에 이르렀는데 이해할 능력이 없는 것 같았다. 때때로 사람들은 결국 기억해내지 못하면서도 기억해내기 직전이라고 느끼지 않는가. 내 친구가 말을 이었다.

"자네도 알아챘겠지만……" 그가 말했다. "나는 질문을 탈출 방식에서 침입 방식으로 옮겼어. 내 의도는 탈출과 침입이 똑같은 지점에서 똑같은 방식으로 이루어졌다는 생각을 전달하는 것이었네. 이제 다시 방 안으로 들어가세. 이곳의 광경을 한번 보게나. 사무용 책상의 서랍들에는 많은 장식용 천이 들어있는데도 사람들의 얘기로는 약탈되었다고 하네. 이 결론은 터무니없어. 그저 짐작이고, 그것도 아주 어리석은 짐작에 불과해. 서랍 안에서 발견된 물건들이 원래 있었던 것 전부가 아니라는 것을 우리가 어떻게 알겠나? 레스파네 부인과 레스파네 양은 극도로 은둔적인 삶을 살았네. 친구를 사귀지도 않았고, 외출도 거의 안했고, 장식용 천을 자주 바꿀 필요도 거의 없었지. 이 여성들이 소유했을 법한 장식용 천은 서랍 안에서 발견된 것들보다 질이 좋았을 리 없어. 도둑이 천을 훔쳤다면, 왜 가장 좋은 천을 훔치지 않았겠나? 왜 전부 훔치지 않았겠나? 간단히 말해서, 왜 도둑이 금화 4천 프랑을 놔두고 천 쪼가리들을 훔치겠나? 금화는 방치되었네. 은행가 미뇨 씨가 말한 금액의 거의 전부가 바닥에 놓인 가방들 속에서 발견되었지. 그러니 자네는 그 집의 대문 앞에서 돈이 전달되었다는 이야기를 발판으로 삼아서 경찰이 지어낸 범행동기에 대한 어설픈 생각을 머리에서 지워버리기를 바라네. 이 우연의 일치(돈이 전달되었다는 것과 그로부터 사흘 내에 살인이 일어났다는 것)보다 열 배나 괄목할 만한 우연의 일치가 우리 각자의 인생에서 매시간 일어나지만 아무런 주목을 받지 못한다네. 확률론을 배우지 못한 사람들에게는 무릇 우연의 일치가 커다란 걸림돌이야. 확률론은 인류의 가장 찬란한 연구 분야들에서 가장 찬란한 설명을 제공한 이론이라네. 우리가 고찰하는 사례에서 만약 금화가 없어졌다면, 사흘 전에 금화가 전달되었다는 사실은 우연의 일치에 머물지 않겠지. 그 사실은 범행동기에 대한 경찰의 생각에 힘을 실어줄 거야. 그러나 이 사례의 실상을 앞에 놓고 이 범행의 동기가 금화라고 전제한다면, 우리는 범인이 금화와 자신의 동기를 한꺼번에 방치할 정도로 정신 나간 바보라고 상상할 수밖에 없네.

"자, 이제 내가 주목하라고 한 것들, 그러니까 그 야릇한 목소리, 그 예외적인 운동능력, 그렇게 잔혹한 살인에 동기가 없다는 놀라운 사실을 염두에 두면서 살인 그 자체를 살펴보세.

한 여자가 손아귀 힘에 목이 졸려 죽었고 머리를 아래로 둔 상태로 굴뚝에 쑤셔 박혔네. 평범한 살인범이라면 그런 살인 방법을 쓰지 않아. 시체를 그런 식으로 처리할 리는 더더욱 없고. 시체를 쑤셔 박은 방식을 생각하면 자네도 인정하겠지만, 뭔가 대단히 기이한 데가 있어. 뭔가 인간의 행동에 대한 우리의 상식에 정면으로 반대되는 면이 있어. 설령 범인이 가장 사악한 인간이라고 가정한다고 해도 말일세. 게다가 그 시체를 그런 틈으로 밀어 올릴 정도의 힘이라면, 정말 얼마나 큰 힘이었겠나. 시체를 끌어 내리는 데만도 여러 명이 매달려 안간힘을 썼지 않은가!

"이제 정말 믿기 어려운 힘이 발휘되었음을 암시하는 다른 단서들을 살펴보세. 벽난로 위에 굵은 머리카락 다발들이 있었어. 아주 굵었지. 사람의 흰 머리카락을 땋은 다발들이었는데, 뿌리 채 뽑혀 있었어. 머리카락 이삼십 가닥만 해도 그렇게 한꺼번에 뽑으려면 얼마나 큰 힘이 필요한지 자네도 알거야. 문제의 머리카락 다발들을 자네도 봤지. 머리카락의 뿌리에(소름끼치는 광경이었어!) 머리 가죽의 살점이 말라붙어 있었어. 이건 대충 50만 개의 머리카락을 한꺼번에 뿌리 채 뽑을 정도의 어마어마한 힘이 발휘되었다는 결정적인 증거야. 노부인은 단순히 목을 베인 것이 아니라, 머리가 몸에서 완전히 절단되어 있었어. 도구는 보잘것없는 면도칼이었고. 자네도 나처럼 이 행위들의 야만적인 잔인성에 주목했으면 해. 레스파녜 부인의 몸에 있던 타박상에 대해서는 내가 따로 언급하지 않겠네. 뒤마 씨와 그에게 값진 도움을 준 에티엔 씨는 그 타박상이 어떤 둔기에 의해 생겼다고 진단했어. 거기까지는 매우 정확했지. 그런데 명백히 그 둔기는 뜰에 깔린 돌이었어. 피살자는 침대 너머의 창에서 그 돌 위로 떨어졌던 것이고. 이 생각은 아주 단순해 보이는데도, 경찰은 덧문의 폭에 주목하지 못한 이유와 똑같은 이유로 이 생각을 하지 못했지. 그들은 못을 보고 내린 판단 때문에, 창이 열렸을 가능성을 아예 완전히 봉쇄했던 거야.

"이제 자네가 이 모든 것들에 덧붙여 살인현장의 터무니없는 무질서를 제대로 숙고한다면, 우리는 놀라운 운동능력, 초인적인 힘, 야만적인 잔인성, 동기 없는 살육, 인간 세상에서 듣도 보도 못한 기괴한 공포, 여러 나라 사람들의 귀에 낯설게 들리고 알아들을 수 있는 명확한 발음이 전혀 없는 목소리를 결합하게 되네. 자, 이제 어떤 결론이 나올까? 내가 자네의 상상력을 어떻게 평가했더라……"

뒤팽이 질문을 던질 때 나는 스멀스멀 소름이 끼쳤다. "미친놈……" 내가 말했다. "미친놈이 저지른 짓이로군. 근처의 요양원에서 탈출한 어떤 미치광이가 죽였어."

"어찌 보면……" 그가 대꾸했다. "자네의 말도 일리가 있네.

하지만 광인의 목소리는 말일세, 가장 심한 발작 중이라 하더라도 증인들이 계단에서 들은 목소리처럼 야릇하게 들렸다는 보고가 없어? 광인들도 모국이 있고, 그들의 모국어는 단어들이 아무리 뒤죽박죽이라 하더라도 항상 일관된 발음이 있기 마련이네. 더구나 광인의 머리카락은 내가 지금 손에 쥐고 있는 털 뭉치 같지는 않거든. 나는 이 작은 뭉치를 레스파네 부인의 움켜쥔 손안에서 빼냈네. 한 번 보게나."

"뒤팽!" 내가 완전히 당황하여 말했다. "이건 정말 이상하군. 인간의 머리카락이 아냐."

"난 인간의 머리카락이라고 말한 적 없네." 그가 말했다. "하지만, 우리가 판단을 내리기 전에, 내가 이 종이에 그린 그림을 한번 보게. 어떤 증인이 레스파네 양의 목에서 보고 '검게 변한 멍과 깊게 눌린 손톱자국'으로 묘사한 것을 똑같이 그린 것일세. 또 다른 증인(뒤마 씨와 에티엔 씨)은 '명백히 손가락 자국인 검푸른 반점'이라고 묘사했지.

"자네도 알 수 있을 거야……" 내 친구가 우리 앞에 놓인 탁자에 종이를 펼치며 말을 이었다. "이 그림을 보면 미동도 없이 확실하게 움켜잡았다는 걸 알 수 있어. 미끄러진 흔적이 없거든. 각각의 손가락이 처음에 닿은 지점에 그대로 머물면서 — 아마도 피살자가 죽음에 이를 때까지 — 무시무시한 힘을 발휘했어. 이제 자네의 손가락들을 이 그림에 있는 자국들처럼 한꺼번에 펼쳐보게."

나는 시도했지만 허사였다.

"생각해보니 적절한 실험이 아닐 수도 있겠어." 그가 말했다. "이 종이는 평면에 펼쳐져 있는 반면에, 인간의 목은 원통처럼 생겼으니까 말이야. 여기 나무토막이 있군. 굵기도 목과 비슷하네. 그림을 이 나무토막에 두르고 다시 한번 실험해보세."

나는 시도했다. 그러나 아까보다 훨씬 더 어려웠다. "이건……" 내가 말했다. "인간의 손자국이 아냐."

"이걸 읽어보게." 뒤팽이 대꾸했다. " 퀴비에르가 쓴 글일세."

그가 내민 것은 동인도제도의 대형 황갈색 오랑우탄에 대한 상세한 해부학적 설명과 일반적인 묘사였다. 그 포유류 동물의 거대한 몸집, 엄청난 힘과 운동능력, 야성적인 잔인성, 모방 습성은 누구나 잘 안다. 나는 끔찍한 살인사건의 전모를 단박에 깨달았다.

"손가락에 대한 묘사가……" 내가 읽기를 멈추고 말했다. "이 그림과 정확히 일치하는군. 이제 알겠네. 자네가 그린 손자국을 남길 수 있는 동물은 여기에 묘사된 오랑우탄뿐이야. 이 황갈색 털 뭉치도 퀴비에르가 설명한 그 짐승의 털과 같고. 하지만 말일세, 난 이 끔찍한 수수께끼의 세부사항들을 완전히 이해하지 못한 것 같아. 두 명이 싸우는 소리가 들렸고, 그 중 한 목소리는 확실히 프랑스인의 것이었다는 데까지는 이해했지만 말이야."

"맞아, 바로 그거야. 또 자네도 기억하겠지만, 그 목소리가 '하느님 맙소사!'라고 말했다는 증언이 거의 만장일치로 나왔어. 한 증인(과자장수 몬타니)은 당시 상황을 염두에 두고서 그 말을 타이르는 말이라고 적절히 표현했지. 그래서 나는 수수께끼를 완전히 해결할 수 있다는 희망을 주로 그 두 단어에 의지해서 품었던 것이네. 어떤 프랑스인이 살인자를 알았어. 그는 피비린내 나는 사건에 가담하지 않았을 가능성이 있어. 아니, 그럴 가능성이 매우 높아. 오랑우탄은 그 프랑스인에게서 달아났겠지. 그는 놈을 쫓아 사건현장으로 갔을 테고. 하지만 이어진 혼란 속에서 그는 놈을 다시 포획하지 못했어. 놈은 지금까지도 잡히지 않았지. 하지만 친구, 이런 생각들은 그만둘까 하네. 객관적으로 추측에 불과하지 않은가. 나 자신도 이 생각들이 근거로 삼은 반성의 색조(色調)가 충분히 짙지 않아서 탐탁지 않아. 또 내가 이 생각들을 타인에게 이해시키겠다고 나설 자격도 없을 테고. 그러니 이제 명시적으로 추측이라고 밝히면서 추측을 해보세. 만일 문제의 프랑스인이 정말로 내 생각대로 이 범행에 대해서 결백하다면, 그는 지난 밤 우리가 집으로 돌아올 때 내가 〈르 몽드〉 (해운업 관련 소식만을 다루기 때문에 선원들이 많이 찾는 신문이지) 사무실에 남긴 이 광고를 보고 우리 집으로 올 거야."

그는 내게 종이 한 장을 건넸다. 이런 글이 적혀있었다.

> **포획** — 오늘(살인사건이 일어난 날) 아침 일찍 불로뉴 숲에서 매우 큰 황갈색 보르네오 오랑우탄이 잡혔다. 오랑우탄의 소유자(몰타 선박 소속의 선원으로 확인되었다)는 녀석의 특징을 충분히 알아맞히고 포획과 보호에 든 약간의 비용을 지불하면 녀석을 되찾을 수 있다. 연락처: 전화번호 ***, 생제르맹 구역 **가, 3층.

"아니 도대체……" 내가 물었다. "어떻게 자네는 그 프랑스인이 몰타 선박 소속의 선원이라는 걸 알지?"

"아는 건 아니야." 뒤팽이 말했다. "선원이라고 확신하는 건 아니네. 하지만 이 작은 리본을 보게. 모양도 그렇고 기름기가 번들거리는 것도 그렇고, 선원들이 좋아하는 긴 꽁지머리를 묶는 데 쓰였던 것이 분명해. 게다가 이 매듭을 지을 수 있는 사람은 선원들 말고는 거의 없어. 몰타 특유의 매듭이거든. 나는 이 리본을 그 피뢰침 막대 밑에서 주웠네. 이것이 사망자들의 것일 리는 없어. 물론 이 리본을 보고 그 프랑스인이 몰타 선박 소속의 선원이라고 판단한 내 추론이 틀렸을 수도 있네. 하지만 그래도 내 광고가 누군가에게 해를 끼칠 일은 없지 않은가. 만일 내가 틀렸다면, 그 프랑스인은 그저 내가 어떤 정황에 오도되었구나 하면서 별다른 신경을 쓰지 않을 거야. 하지만 만일 내가 옳게 추론했다면, 난 매우 유리한 고지를 점령한 거야. 그 살인에 대해서 결백하지만 알고 있는 그 프랑스인은 그 광고에 반응하여 오랑우탄의 임자라고 나서기를 당연히 주저할 거야. 하지만 그는 이렇게 추론하겠지. '난 결백해. 난 가난해. 내 오랑우탄은 아주 비싸. 내 처지를 생각하면 그야말로 한 밑천이라고. 내가 한가한 걱정 때문에 녀석을 잃을 이유는 없잖아? 손만 뻗으면 되찾을 수 있어. 녀석은 불로뉴 숲에서 발견되었어. 살인현장에서 한참 멀리 떨어진 곳이야. 야만적인 짐승이 그런 짓을 했다고 의심할 사람이 도대체 있겠어? 경찰은 어쩔 줄 모르고 있어. 일말의 단서도 확보하지 못했지. 설령 경찰이 그 짐승을 찾아낸다 해도, 내가 그 살인을 안다는 것을 입증하거나, 안다는 이유로 내게 죄를 씌우기는 불가능해. 무엇보다 중요한 건 내가 노출되었다는 사실이야. 광고를 낸 자는 나를 그 짐승의 소유자로 지목했어. 그자가 어디까지 알고 있는지 모르겠군. 만일 내가 내 소유로 밝혀진 큰 재산을 되찾기를 포기한다면, 최소한 그 짐승이 의심을 받게 될 거야. 나 자신이나 그 짐승에게 관심이 쏠리는 건 내가 바라는 바가 아니지. 그 광고에 반응해서 오랑우탄을 되찾고 상황이 잠잠해질 때까지 가둬놓아야겠어.'"

이 대목에서 우리는 계단을 올라오는 발소리를 들었다.

"준비해." 뒤팽이 말했다. "권총을 챙기라고. 하지만 내가 신호를 보낼 때까지 쏘지도 말고 꺼내지도 마."

우리 집의 대문은 열려 있었고, 방문자는 초인종을 울리지 않고 들어와 계단을 여러 걸음 올라온 상태였다. 그러나 이제 그는 머뭇거리는 것 같았다. 이내 그가 내려가는 소리가 들렸다. 그가 다시 올라오는 소리가 들렸을 때, 뒤팽은 재빨리 방문 쪽으로 움직이고 있었다. 방문자는 결단한 듯 다시 돌아서지 않고 올라와서 방문을 두드렸다.

"들어오세요." 뒤팽이 유쾌하고 상냥한 어투로 말했다.

한 사내가 들어왔다. 확실히 선원이었다. 큰 키에 다부진 체구, 저돌적인 표정, 전적으로 나쁜 인상만은 아니었다. 햇빛에 몹시 그을은 그의 얼굴은 반 이상이 수염에 가려 있었다. 거대한 참나무 몽둥이를 들고 있었지만, 다른 무기는 없는 듯했다. 그는 쭈뼛쭈뼛 고개를 숙이며 "안녕하세요" 하고 인삿말을 건넸다. 뇌샤텔* 사투리가 약간 섞인 프랑스어 억양에서 그가 파리 출신이라는 것을 충분히 알아챌 수 있었다.

"반갑습니다. 앉으세요." 뒤팽이 말했다. "오랑우탄 때문에 오셨지요. 야아, 정말 솔직히 말씀드려서, 그런 녀석을 소유한 당신이 부러울 지경입니다. 대단히 좋은 놈이에요. 당연히 값도 아주 비쌀 테고요. 나이는 얼마나 될까요?"

---

* 프랑스 북부의 도시 — 옮긴이.

선원은 견디기 힘든 짐을 내려놓은 사람처럼 긴 한숨을 쉰 다음에 자신 있는 어투로 대답했다.

"그야 알 수 없죠. 하지만 네다섯 살보다 많을 수는 없습니다. 녀석이 여기에 있나요?"

"아니요. 여기에는 녀석을 보호할 시설이 없어요. 녀석은 뒤부르 가의 마구간에 있습니다. 바로 요 근처죠. 내일 아침에 되찾으실 수 있을 겁니다. 당연히 녀석의 특징을 이야기해 주실 수 있죠?

"물론입니다."

"녀석을 떠나보내면 섭섭하겠는 걸요." 뒤팽이 말했다.

"당신이 이 모든 수고를 하고도 대가를 못 받는 건 제 의도가 아닙니다." 그 사내가 말했다. "그건 말이 안 되죠. 그 짐승을 발견한 대가를 기꺼이 지불하겠습니다. 그러니까 합리적인 선에서 아낌없이 말입니다."

"아하……" 내 친구가 대꾸했다. "그거 참 공정한 말씀이시네요. 어디 보자…… 내가 무얼 받아야 할까? 그래! 말씀드리겠습니다. 제게 대가로 말입니다…… 모르그 가 살인사건에 대해서 당신이 아는 모든 정보를 주십시오."

뒤팽은 이 마지막 문장을 아주 낮은 목소리로 매우 조용하게 말하고서, 역시 조용하게 문가로 걸어가 문을 잠그고 열쇠를 주머니에 넣었다. 그런 다음에 품에서 권총을 꺼내 약간의 동요도 없이 테이블 위에 놓았다.

선원의 얼굴은 질식당하는 사람처럼 붉어졌다. 그는 갑자기 벌떡 일어나 몽둥이를 움켜잡았지만, 다음 순간 풀썩 주저앉아 죽음 그 자체의 표정으로 심하게 떨었다. 한마디도 하지 않았다. 나는 가슴 깊은 곳에서 그를 가엾게 여겼다.

"진정해요, 친구." 뒤팽이 상냥하게 말했다. "너무 경계할 필요 없습니다. 정말이에요. 우린 당신에게 해를 끼칠 마음이 전혀 없어요. 내가 신사의 명예와 프랑스인의 명예를 걸고 맹세합니다. 우리는 당신을 해칠 의도가 없습니다. 나는 당신이 모르그 가의 살육에 대해서 결백하다는 것을 확실히 압니다. 하지만 당신이 그 사건에 어느 정도 연루되었다는 점을 부인하면 안 됩니다. 내가 이미 한 말들을 들으셨으니, 내가 이 사건에 관한 정보를 얻을 수단을 갖고 있다는 점을 당신도 틀림없이 아셨으리라 믿습니다. 당신으로서는 꿈도 꿀 수 없는 수단이지요. 자, 현재의 상황을 정리해봅시다. 당신은 불가피한 행동 외에는 아무 짓도 하지 않았어요. 비난받을 짓은 확실히 안 했습니다. 심지어 무사히 절도를 할 수 있었을 텐데도, 하지 않았어요. 당신은 숨길 게 없습니다. 숨길 까닭이 없잖아요. 다른 한편, 도덕적인 원칙에 따른다면 어느 모로 보나 당신이 아는 것을 모두 털어놓아야 합니다. 지금 결백한 사람이 범죄의 혐의를 뒤집어쓰고 수감되어 있습니다. 당신은 그 범죄를 저지른 장본인을 지목할 수 있고요."

뒤팽이 이 말을 하는 동안, 선원은 상당한 정도로 마음을 추스렸다. 그러나 처음에 그가 보였던 당당한 태도는 완전히 사라졌다.

"그래요, 신의 가호를 바라며……" 그가 잠시 침묵한 다음에 말했다. "그 사건에 대해서 내가 아는 바를 전부 말씀드릴게요. 하지만 당신이 내 말을 절반이라도 믿어 주리라는 기대는 안 합니다. 기대한다면 내가 정말 바보일 거예요. 하지만 난 결백하니까, 목숨을 걸고 깨끗이 털어놓겠습니다."

그가 털어놓은 바를 정리하면 이러했다. 그는 최근에 동인도제도에 다녀왔다. 그의 일행은 보르네오에 상륙했고, 재미삼아 유람을 하면서 내륙으로 들어갔다. 그와 동료 한 명이 오랑우탄을 포획했다. 그 친구는 죽었고, 오랑우탄은 그의 소유가 되었다. 귀항하는 동안 그 짐승의 다루기 힘든 포악성 때문에 많은 고생을 했지만, 그는 결국 파리에 있는 자신의 거처에 녀석을 내려놓는 데 성공했다. 그는 이웃의 불쾌한 호기심이 쏠리는 것을 막으려고 녀석을 세심히 격리했고, 이를테면 배에서 녀석의 발이 파편에 찔려 생긴 상처를 치료할 때처럼 꼭 필요할 때만 끌어냈다. 그의 궁극적인 의도는 녀석을 파는 것이었다.

그날 밤, 그러니까 정확히 말해서 살인이 일어난 새벽, 선원들의 유쾌한 모임에서 돌아온 그는 그 짐승이 침실을 차지하고 있는 것을 발견했다. 녀석을 침실에 접한 벽장에 안전하게 감금했다고 생각했는데, 그 벽장을 뚫고 침실로 들어온 것이었다. 녀석은 비누거품을 잔뜩 바른 채 면도칼을 손에 쥐고 거울 앞에 앉아 면도 동작을 시도하고 있었다. 벽장의 열쇠구멍을 통해 주인이 하는 동작을 지켜보았던 것이 분명했다. 그토록 위험한 무기가 매우 난폭할 뿐 아니라 그 무기를 잘 사용할 수 있는 동물의 손에 쥐어진 광경에 놀란 그는 잠시 동안 어찌해야 할지 몰랐다. 하지만 그는 채찍을 써서 녀석을 진정시키는 데 익숙했다. 녀석이 가장 난폭하게 굴 때조차도 그렇게 했었다. 그래서 그는 채찍을 집어 들었고, 채찍을 본 오랑우탄은 펄쩍 뛰어 문을 통과하고 계단을 내려간 다음, 재수 없이 열려 있던 창을 통하여 거리로 나갔다.

그 프랑스인은 필사적으로 뒤쫓았다. 여전히 면도칼을 손에 쥔 유인원은 가끔 멈춰 뒤를 돌아보면서 쫓아오는 인간이 자신을 거의 따라잡을 때까지 손짓을 했다. 그러고는 다시 달아나기 시작했다. 이런 식으로 오랫동안 추격이 계속되었다. 새벽 세 시경이었으므로 거리는 적막했다. 모르그 가 뒤편의 한 골목을 지날 때 도망자의 시선이 레스파녜 부인의 방에서 열린 창으로 흘러나오는 빛에 고정되었다. 그녀가 소유한 건물의 4층이었다. 녀석은 그 건물로 달려갔고, 피뢰침 막대를 보았고, 믿기 어려운 운동능력으로 그 막대를 타고 올라갔고, 벽쪽으로 완전히 젖혀져 있던 덧문을 붙잡았고, 덧문에 매달려 곧장 침대의 머리판 위로 올라앉았다. 이 모든 일이 일어나는 동안 채 1분도 흐르지 않았다. 오랑우탄은 방으로 들어가면서 덧문을 발로 차서 다시 열었다.

그러는 동안에 그 선원은 당혹스럽기도 하고 기쁘기도 했다. 그는 그 짐승을 곧 잡으리라는 희망을 강하게 느꼈다. 녀석이 스스로 뛰어든 함정에서 탈출할 길은 그 피뢰침 막대밖에 없을 텐데, 녀석이 거기로 내려올 때 중간에서 덮칠 수 있을 것 같았다. 다른 한편, 집 안에서 일어날지 모르는 일에 대해서 걱정도 많이 되었다. 그 걱정 때문에 그는 도망자를 뒤쫓았다. 피뢰침 막대를 타고 오르는 일은 선원인 그에게 어렵지 않았다. 그러나 창문 높이에 이르러서 보니 창문은 그의 왼쪽으로 멀리 떨어져 있었고, 그의 직업적 솜씨는 무용지물이었다. 그가 해낼 수 있는 최선의 동작은 고개를 한껏 뻗어 방 안을 들여다보는 것뿐이었다. 그래서 방 안을 들여다보다가 그는 공포에 휩싸여 하마터면 손을 놓을 뻔 했다. 그날 밤의 소름끼치는 비명이 울려 퍼져 모르그 가 주민들을 선잠에서 깨운 것이 바로 그때였다. 레스파네 부인과 그녀의 딸은 잠옷차림이었고, 보아 하니 앞에서 방 한가운데 떨어져 있었다고 언급한 그 철제 금고에 어떤 서류를 집어넣고 있었다. 금고는 열려 있었고, 내용물은 금고 옆의 바닥에 놓여 있었다. 그 피해자들은 창을 등지고 앉아있었던 것이 분명하다. 그리고 비명을 내지를 때까지 그 짐승의 침입을 아마 몰랐던 것 같다. 덧문이 여닫힌 것은 당연히 바람 때문이라고 여겼을 것이다.

선원이 들여다보니, 그 거대한 동물은 레스파네 부인의 머리카락을 움켜잡고(그녀는 방금 빗질을 했기 때문에 머리카락이 풀려 있었다) 이발사의 동작을 흉내 내어 면도칼을 그녀의 얼굴 근처에서 흔들고 있었다. 딸은 꼼짝없이 누워 있었다. 이미 기절한 것이었다. 어쩌면 노부인이 (그녀의 머리카락이 뽑히는 동안) 비명을 지르고 발버둥을 쳤기 때문에 아마도 평화적이었을 오랑우탄의 의도가 분노로 바뀌었는지도 모르겠다. 녀석은 근육질의 팔을 단 한번 움직여 그녀의 머리를 몸에서 거의 절단했다. 피를 보자 녀석의 분노는 광란으로 바뀌었다. 녀석은 이를 갈고 눈에서 불똥을 튕기면서 젊은 여자의 널브러진 몸 위로 올라가더니 무시무시한 손가락들을 그녀의 목에 박아 넣고 그녀가 절명할 때까지 손아귀를 풀지 않았다. 이리저리 날뛰듯 헤매던 녀석의 시선은 이 대목에서 침대의 머리에 고정되었다. 녀석의 주인은 그 너머로 얼굴을 내민 채 공포로 얼어붙어 있었다. 무시무시한 채찍을 지금도 당연히 기억하는 그 짐승의 광란은 한순간에 공포로 돌변했다. 매를 맞을 짓을 했다는 것을 아는 녀석은 피비린내 나는 결과물들을 숨기고 싶은 듯했고, 심한 흥분으로 몸부림치며 방 안을 이리 저리 뛰어다녔다. 가구를 내던지고 부쉈으며, 매트리스를 침대 틀에서 끌어내렸다. 결국 녀석은 딸의 시체를 움켜쥐었고, 나중에 발견된 상태대로 굴뚝에 쑤셔 박았다. 이어서 노부인의 시체를 움켜쥐고 창밖으로 머리부터 떨어지도록 내던졌다.

유인원이 훼손된 시체를 들고 창으로 다가왔을 때, 선원은 혼비백산하여 몸을 움츠렸고, 피뢰침 막대를 타고 순식간에 미끄러져 내려와 곧장 집으로 내달렸다. 살육의 결과들을 심히 염려하고 오랑우탄의 운명에 대한 모든 걱정을 기꺼이 내팽개치면서 달렸다. 증인들이 계단에서 들은 말은 그 프랑스인이 내뱉은 공포와 놀람의 탄식이었다. 그 탄식이 그 짐승의 기괴한 울음과 뒤섞여 들렸던 것이다.

내가 더 보탤 것은 거의 없다. 오랑우탄은 방문이 부서져 열리기 직전에 방을 빠져나가 피뢰침 막대를 타고 내려간 것이 분명하다. 녀석은 창을 통과하면서 창문을 닫은 것이 분명하다. 그 후에 녀석은 주인의 손에 넘겨졌고, 주인은 녀석을 식물원에 팔아 큰돈을 벌었다. 우리가 경찰국장의 사무실에서 (뒤팽의 논평을 약간 곁들여) 자초지종을 설명하자 르 봉은 즉시 석방되었다. 그러나 경찰국장은, 내 친구에게 호의적임에도 불구하고, 사태의 귀추에 대해서 분한 마음을 완전히 감추지 못했다. 그는 모든 사람이 각자 자신의 업무에 전념하는 것이 온당하다면서 한두 마디 비꼬는 말을 하고 싶어 했다.

"얘기하게 놔둬." 대꾸할 필요가 없다고 생각했던 뒤팽이 나중에 말했다. "설교하게 놔두라고. 그러면 그의 마음이 편해질 거야. 난 그를 그의 성(城)에서 이긴 것으로 만족하네. 아무튼 말이야, 그가 이 수수께끼를 푸는 데 실패한 것은 전혀 놀라운 일이 아니라네. 그는 놀라운 일이라고 생각하지만 말일세. 사실 우리의 친구인 경찰국장은 약간 지나치게 영리해서 심오하지 못하거든. 그의 지혜에는 줄기가 없어. 온통 머리만 있고 몸이 없어. 라베르나 여신*의 그림처럼 말일세. 기껏해야 대구처럼 온통 머리와 어깨뿐이지. 하지만 그래도 그는 좋은 친구야. 나는 특히 그에게 천재라는 명성을 안겨준 그 거장다운 솜씨 때문에 그를 좋아해. '진짜로 존재하는 것을 부인하고 존재하지 않는 것을 설명하는' 그의 방식이 좋단 말일세."

* 도둑과 사기꾼의 신 — 옮긴이.

역자후기

대개 청소년 시절에 읽는 작품들이지만 느지막이 직업 덕분에 처음 읽었다. 일찌감치 읽었더라면 소설가로 나설 생각을 진지하게 했을 듯하다. 그러면 지금 어떻게 되었을까? 아무래도 안 읽기를 잘 한 것 같다.

시인다우면서 수학자다운 등장인물이 적어도 두세 명 나오는 것 같다. 매력적이면서 위태로우면서 치밀하기도 한 인물들. 작가인 포도 그런 인물이라는 느낌이 든다. 내가 개인적으로 잘 공감할 수 있는 그런 인물이라는……

포의 글에서 금속성을 느꼈다. 뻐꾸기 울기 시작하는 계절에 번역을 마무리했지만, 가을이나 겨울에 읽으면 어울릴 듯한 글이었다. 하긴, 검증된 고전이니 계절이 무슨 상관이겠는가! 꾸며낸 이야기가 얼마나 진실할 수 있는지 새삼 되새기게 해준 작품들이었다. 재미있어서 후다닥 읽었는데 날이 갈수록 깊은 여운이 남는 글로 느끼는 독자가 많으면 좋겠다.

기축년 초여름, 살구골에서

전대호

포 단편 선집

초판 1쇄 발행 2009년 8월 14일
개정판 1쇄 발행 2014년 2월 20일

지은이 에드거 앨런 포
옮긴이 전대호
발행인 신현부
발행처 부북스

주소 100-835 서울시 중구 동호로 17길 256-15
전화 02-2235-6041
팩스 02-2253-6042
이메일 boobooks@naver.com

ISBN 978-89-93785-62-3 04840
ISBN 978-89-93785-63-0 (세트)